Elke Loewe

Der Salzhändler

Historischer Roman

Rowohlt Taschenbuch Verlag

Originalausgabe
Veröffentlicht im Rowohlt Taschenbuch Verlag,
Reinbek bei Hamburg, Juli 2004

Umschlaggestaltung any.way, Cathrin Günther
(Foto akg-images)
Satz aus der Baskerville MT und Scala PostScript
bei Pinkuin Satz und Datentechnik, Berlin
Druck und Bindung Clausen & Bosse, Leck
Printed in Germany
ISBN 3 499 23683 4

Für Heike und ihren
Großvater Karl, zu Lebzeiten
Salinenarbeiter in Stade an der Elbe

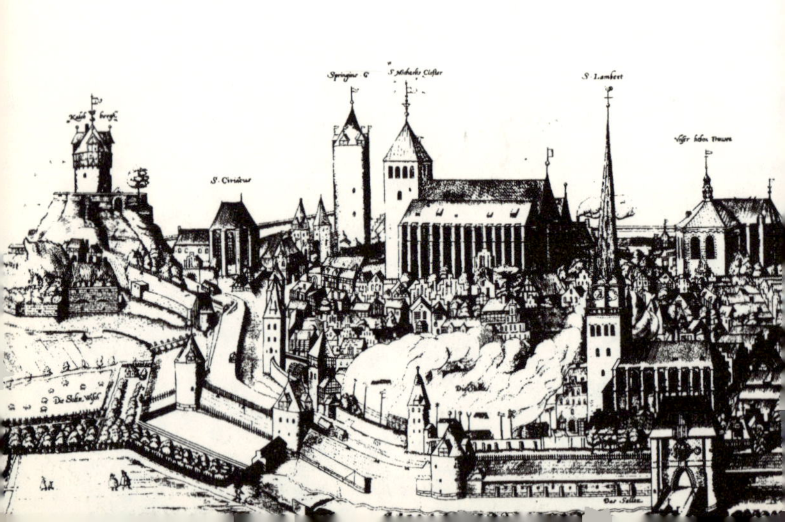

S. Michaelis Closter
S. Lambert
S. Ciriacus

Man kennt einen Menschen nicht,
bevor man nicht einen Scheffel Salz
mit ihm gegessen hat.

(ein Scheffel Salz = 22,85 kg)

Im Oktober des Jahres Sechzehnhundertundachtzehn durchstreifte ein Komet den nördlichen Himmel und verbarg für einen Moment das immer währende Erlöschen und Wiederaufglimmen der Fixsterne. Sein verwaschener Schweif flimmerte über das ruhige Leuchten der Planeten Mars, Merkur, Jupiter und Saturn, zog über den Mond hinweg und blendete den Polarstern, der den Seefahrern auf den Meeren zur Orientierung diente. Der Komet hinterließ keine Spuren im Weltenraum, wohl aber in den Köpfen vieler Menschen an verschiedenen Orten des Heiligen Römischen Reiches auf dem dritten Planeten Erde.

Glücksspieler in Pannonien warfen ihre mit Blei gezinkten Hirschhornwürfel aus den Fenstern. Zigeuner in Laibach stimmten ihre Geigen, bevor sie weiterfiedelten. Bei Breda in den niederen Landen hielt ein Mädchen den Kometen zusammen mit dem Blut, das zum ersten Mal aus ihrer Scheide floss, für eine Zuchtrute des Himmels, die fortan ihr Leben begleiten würde. Von Wanzen aus dem Stroh getriebene reformierte Weiber in der Eifel schlugen ein Kreuz vor ihre Brust und baten um Ablass. Äbte der Franziskaner ließen von ihren bartlosen Novizen ab. Geschändete Jungfrauen allerorten erflehten aborti. Am Fuß der Schwäbischen Alb vergaß ein Schafhirte, die Wölfe zu verscheuchen, desgleichen eine Ziegenhirtin auf dem Brocken den Bären, was Ersteren mehrere Lämmer und Letztere das Leben kostete. An der Elbe im Magdeburgischen flatterten Gänse mit abgedrehten Hälsen aus den Händen einer Diebin. In Bamberg und Erfurt stürzten Mondsüchtige von den Ziegeldächern aus Mönch und Nonne. Bei Castell im Steigerwald sprang lichtscheues Gesindel in die Tiefe der Alabastersteinbrüche. Ein Lateinschüler aus Lüneburg nahm den Kometen als

Ansporn für sich, seinen eigenen Weg zu gehen und nicht den, den die Pflicht von ihm forderte. Im Kloster Maria Eschenbach beteten im Kreuzgang wandelnde Mönche mehrmals hintereinander den großen Rosenkranz mit allen Gesetzen sowie den fünf freudenreichen und den fünf schmerzhaften Geheimnissen und erbaten sich darob ein gutes Weinjahr. Soldaten, katholische wie auch reformierte, hofften, der Schweifstern sei als ein wohlwollendes Zeichen Gottes für den heiligen Krieg ihrer jeweiligen Herren über den Himmel gezogen. Andere, deren Augen ihn in der dunklen Nacht gesehen hatten, behaupteten, er sei eine Verkündigung des Herrn gewesen, allerdings keine gnädige, sondern sein Schweif eine warnende Rute und somit als Omen für bevorstehende schwere Zeiten zu deuten.

Mehr als sieben Jahre nach dem Auftauchen des Kometen begegneten sich in dem vom großen Krieg in seinen Grundfesten erschütterten Heiligen Römischen Reich eine Frau und ein Mann, die ihn beide gesehen hatten. Es hätte auch eine Mondsüchtige aus Bamberg einen vom lichtscheuen Gesindel im Steigerwald treffen können, vielleicht ein pannonischer Glücksspieler eine geschändete Jungfrau, mag sein, ein Zigeuner aus Laibach wäre bis zur Gänsediebin bei Magdeburg gelangt. Sie alle trugen Träume, Triebe, Durst und Hunger mit sich, mal schwer wie englisches Blei, mal leicht wie eine Daunenfeder. Und je nachdem, welchem Glauben ein Mensch anhängt, kann es Zufall, Schicksal oder Gottes allmächtige Fügung heißen, wenn zwei Menschen sich über den Weg laufen und ihr Leben sich ineinander verwebt.

Es sollten sich Margrieta de Jonge aus Breda, an der Grenze zu Brabant gelegen, und Jakob Brinck aus Lüneburg im Herzogtum Lüneburg-Braunschweig begegnen, ein Schäfer aus der Heide war auch dabei. Je nach Witterung waren ihre Wege staubig oder verschlammt, manchmal auf felsigem Grund, sie näherten sich einander an und überlagerten sich, sie stießen zusammen und liefen wieder auseinander.

Margrieta ging von West nach Ost, begleitet von Blut und Hunger, von Trommeln und Pfeifen. Vogelfrei.

Jakobs Weg führte aus einer vortrefflich befestigten Stadt, auf deren Wälle, Mauern und Dächer sich Tag und Nacht der Dampf von frisch gesiedetem Salz setzte.

Sonne, steh still über Gibeon,
auch du, Mond, überm Tal von Ajalon!

Altes Testament, Josua, 10, Vers 12

1.

Ich möchte, wie Galileo Galilei in Padua,
mit einem Fernrohr die Monde des Jupiter sehen.
Ich möchte die Spuren der Ringe des Saturn
und die Sichelgestalt der Venus erkennen.
Ich möchte die Gebirge des Erdmondes erforschen,
aus deren Schatten ich ihre Höhe berechnen könnte.
Ich möchte den Planeten um die Sonne folgen,
um zu lernen, ob sie in Kreisen oder Ellipsen ziehen.
Ich möchte in der Milchstraße unbekannte Sterne finden
und erfahren, woher sie kommen und wohin sie gehen.
Ich möchte die Geheimnisse des Himmels
entschlüsseln, der sich über allen Menschen wölbt
und über allen Religionen.
Ich will mehr wissen, als in der Bibel steht.

Die Sonne stand im Morgen, flach und weiß, nur ein gelber Schimmer darin, ohne Wärme, die in der Nähe des kürzesten Tages und der längsten Nacht des Jahres die im Eis erstarrte nördliche Halbkugel der Erde nicht mehr erreicht.

In der schneebedeckten Heide eine Stadt, umschlossen von Wällen, Mauern, Wassern und Toren. Aus dem roten Meer ihrer Dächer ragte St. Nikolai wie ein gestrandetes Schiff, geweiht dem Schutzpatron der Seefahrer. Durch die kleinen Scheiben der großen Fenster fielen Sonnenstrahlen in die Kirche. Sie schenkten den stumpfen Backsteinsäulen Glanz und malten Heiligenscheine um die Köpfe der betenden Gläubigen, deren

Atem weiß emporstieg und an den hohen Gewölben hängen blieb.

Es war ein Träumer unter ihnen, der hatte das Beten vergessen, wie sooft in der Kirche. Seine Gedanken folgten nicht den Worten Martin Luthers, die der Pastor verkündete, sie folgten auch nicht den Wegen des Lüneburger Salzes zu Wasser und zu Lande, seine Gedanken durchstießen das gemauerte Sternengewölbe des hohen Kirchenschiffs und sahen den unendlichen Weltenraum dahinter, den es zu entdecken galt.

Jakob Brinck, im einundzwanzigsten Jahr seines Lebens stehend, tagsüber im Kontor seines Vaters mit Salz handelnd, in der Nacht die Sterne im Auge behaltend, mochte die Schöpfung von Himmel und Erde nicht einfach als von Gott gegeben hinnehmen. Seit sein alter Lehrer auf der Lateinschule ihm heimlich Einblick in die Veröffentlichungen des Nikolaus Kopernikus von den Umwälzungen der Himmelskörper gegeben hatte, war er ein überzeugter Anhänger des heliozentrischen Systems mit der Sonne als Mittelpunkt des Weltenraums, an dem die meisten Menschen, die er kannte, immer noch zweifelten, weil es dem Wortlaut der Heiligen Schrift widersprach. Wenn es ihnen denn überhaupt je zu Ohren gekommen war, dass die Erde eine Kugel war, wie Claudius Ptolemäus aus Alexandria bereits im Jahre Einhundertundfünfzig nach Christi Geburt in seinem Modell von der Erde als Mittelpunkt der Sternenbewegungen dargelegt hatte, das seitdem Gültigkeit besaß, ohne dass je daran gerüttelt worden war.

«Herr, ich habe lieb die Stätte deines Hauses und den Ort, da deine Ehre wohnet», rief der Pastor.

«Amen», antwortete die Gemeinde.

«Amen», sagte der Träumer leise. In seinem Gesicht

hohe Wangenknochen, dazwischen eine schmale Nase, die Züge noch ohne Falten und Furchen, in der Iris seiner Augen ein reines Blau wie an Sommertagen der Himmel, zu dem ebendiese Augen in dunklen Nächten suchend emporblickten.

«Lasset uns das Lied vom gnädigen Gott singen», rief der Pastor, und die Orgel setzte ein. Geschult durch das Singen im Chor des Johanneums, schwang die Stimme des Träumers sich zum Gewölbe empor, lauter als die der Frauen in ihrem Alt und Sopran und kraftvoll unter den Tenören und Bässen der Männer. Sie war eins mit dem Wohlklang der Orgel, deren Register vom Kantor freudig hochgezogen wurden, der, unbemerkt von den Gläubigen, zwischen den Griffen lustvoll von einem kleinen roten Apfel abbiss.

«Es wolle Gott uns gnädig sein
und seinen Segen geben,
sein Antlitz uns mit hellem Schein
erleucht zum ewgen Leben,
dass wir erkennen seine Werk
und was ihm lieb auf Erden,
und Jesus Christus, Heil und Stärk,
bekannt den Heiden werden
und sie zu Gott bekehren.»

Auf diesen gnädigen Gott hoffte der Träumer auch, allerdings nur für sich allein, Sarazenen, Türken oder gar Mohren war er in seinem Leben noch nicht begegnet. Und die kleinen Heiden in seiner Stadt wurden gleich nach der Geburt den dämonischen Mächten entzogen und durch die Taufe zu Christen gemacht, wobei man ihnen gern verstohlen ein Salzkorn zur Reinigung auf die Zunge legen ließ, von der Amme oder einem anderen abergläubischen Frauenzimmer; schaden konnte es ja nicht.

«Wir wollen nun hören das Evangelium des Lukas», sprach der Pastor von der Kanzel.

Das Scharren der Füße hallte durch den weiten Raum und echote aus dem Gewölbe, als die Gläubigen ihre Standbeine wechselten, bevor dieselben über der langen Predigt einschliefen.

«Jesus sprach zu seinen Jüngern: Es werden Zeichen geschehen an der Sonne, dem Mond und den Sternen, und auf Erden wird den Leuten bange sein, und sie werden zagen, und das Meer und die Wasserwogen werden brausen. Und die Menschen werden verschmachten vor Furcht und vor Warten der Dinge, die kommen sollen auf Erden, denn auch der Himmel Kräfte werden sich bewegen.»

Der Träumer hielt seine Augen geschlossen, er legte seine Stirn in Falten und zog die Nase kraus, er fuhr sich mit den Händen durch die ebenso krausen blonden Haare, die wild seinen Kopf umstanden, er presste die Lippen zusammen und öffnete sie, dass es leise knallte. Erschrocken hob er die linke Hand zum Mund und sah sich um, ob jemand ihn gehört hätte. Aber die Ratsherren vor ihm waren zum Teil schon der Schwerhörigkeit anheim gefallen, andere schnarchten oder waren mit der Reinigung ihrer Nasen beschäftigt, und weil die meisten links und rechts den Kirchenschlaf im Stehen pflegten und der Pastor kurzsichtig war, bemerkte es niemand, dass Jakob Brinck auch weiterhin den Worten des Herrn nicht lauschte. Eine Idee war ihm in den Kopf geschossen, und er wollte nichts als sie bewahren, sie aufheben in der Lade, die für den Himmel vorgesehen war.

Die Plejaden. Das Siebengestirn. Die Gluckhenne. Könnte es sein, weil die Erde, während sie sich in einem Jahr um die Sonne und dabei einmal am Tag um sich selbst dreht, könnte es also sein, dass ich von April bis November die Plejaden deshalb nicht sehen kann, weil die Erde sich dann auf der anderen Seite der Sonne befindet und der Sternenhimmel diese Wanderung nicht mit vollzogen hat?

«Himmel und Erde werden vergehen, aber seine Worte vergehen nicht», rief der Pastor. Und hätte er es gewusst, dass sich eines seiner Schäfchen dem Himmel auf andere Art und Weise zuwandte als über das Wort des Herrn und dieses sogar anzweifelte, dann wäre, mit gewaltiger Stimme von der Kanzel donnernd, eine Belehrung über den rechten Gottesglauben erfolgt, einen Finger hätte er erhoben, so spitz, wie der Turm von St. Nikolai zum Himmel zeigte.

«Denn wie ein Fallstrick wird er kommen, über alle, die auf Erden wohnen ...», rief er von der Kanzel.

Jakob ahnte, dass sein Gedanke richtig war, weil er wusste, jetzt im Winter wird er die Plejaden in jeder Nacht sehen können, wie seit vielen Jahren schon, seit er angefangen hatte, den Himmel zu beobachten. Er wusste aber auch, dass er letzte Gewissheit nur bekäme, wenn er die Astronomie studieren könnte.

«Dieses Evangelium des Lukas erinnert uns alle», rief der Pastor, und seine Stimme stürzte tief hinab auf die Steinfliesen und wurde gleich darauf schneidend scharf in der Kälte, die von ihnen ausging, «dass dieser Weltbau einmal zerfallen wird.» Gleich darauf wehten seine Worte weich empor: «Vorher aber werden Zeichen geschehen an der Sonne, dem Mond und den Sternen.» Und kaum hatte er dies ausgesprochen, sandte er hart eine Drohung über die Köpfe seiner Schäfchen hinweg und rüttelte sie wach. «Am Tag des Jüngsten Gerichtes wird offenbar werden, wer Gott gedienet und wer ihm nicht gedienet hat.»

Die Gläubigen scharrten aufgeschreckt mit ihren kalten Füßen und falteten ihre ebenso kalten Hände, das Abschlussgebet, den Segen und das letzte Lied erwartend, wie es üblich war. Doch der Pastor dachte nicht daran, seine Schäfchen aus der eisigen Kirche in den eben beginnenden Schneefall und auf den Weg in die warmen Stuben zu entlassen. Noch bevor sie ihre Umhänge richten konnten, die Augen schon auf das Portal gerichtet, flog er mit seinen Stimmbändern hoch hinauf in das Gewölbe, und es hallte von den gemauerten Sternen wider.

«Darum, ihr Diener Gottes, gebt alle Kraft darein, unsere prächtige und freie Salzstadt Lüneburg zu schützen. Unser Lüneburg, umgeben von weiter Heide. Über die Ilmenau, die Elbe und die Stecknitzfahrt wird unser Salz nach Lübeck verschifft, auf der Schaalfahrt kommt das Holz für die Öfen der Siederei zu uns. Fünf stolze Kirchen recken sich mit ihren hohen Türmen in den Himmel, sechs Tore führen hinaus in die Welt. Im Nordosten öffnet uns das Bardowiker Tor den Weg nach Artlenburg, Mölln und Lübeck. Wandern wir an der Ilmenau entlang zur St. Johanniskirche, dann sehen wir, sie wacht über das Altenbrücker Tor, das den Weg nach Salzwedel und Magdeburg, nach Uelzen und Braunschweig weist.»

Die Gläubigen schliefen alsbald wieder ein, denn sie wussten ja ihre Stadt auch ohne Aufforderung von der Kanzel zu schätzen, und auch Jakob verschwand zu den Sternen. Nicht etwa, weil er seine Stadt nicht liebte, nicht, weil er das alles kannte und wusste, und nicht, weil er sie nicht mit all seiner Kraft erhalten wollte, wie schon seine Vorväter es getan hatten, nicht deshalb, nein. Jakob liebte nun einmal die langen Gottesdienste unter dem Gewölbe des Kirchenschiffs, wo ihn niemand vorwurfsvoll ansah oder gar der Phantasterei zieh und die ihm die Freiheit und die Zeit zum Denken gaben, während der Pastor predigte oder, wie jetzt, seine Laudatio auf die Stadt hielt, der er mit gehörigen Pausen Wirkung verschaffte.

«Geht weiter zu St. Lamberti an der Saline im Südwesten! Ihr Turm senkt sich, aber Gott wird ihn stützen, wie er auch das Sülztor schützt und die Wege nach Celle, Soltau, Nienburg und Hannover. Staunet vor der Goldenen Tafel des Hauptaltars von St. Michaelis im Nordwesten! Hier gelangt ihr zum Neuen Tor hinaus, nach Salzhausen, Winsen, Schneverdingen, Bremen und Stade. Wendet euch St. Marien im Herzen der Stadt zu, sie ist wohl klein, aber die Zahl gelehrter Bücher in ihrer Bibliothek ist groß! Freut euch auf den Osten, da geht es durch das Lüner Tor nach Schwerin, Wismar und Stralsund! Vergesst nicht, das Rathaus auf dem Marktplatz anzusehen, seine fünf Türme und die Fassade mit den bürgerlichen Tugenden! Schaut auf das Heringshaus am Hafen und den Kran für die Lasten, die Treppen- und Schneckengiebel, die Schulen, die Bürgerhäuser mit den Fenstern aus Glas, die Hospitäler für Kranke und Arme und die Gassen mit den Herbergen und Krügen, diese allerdings nicht immer von der vornehmen Art! Hebt den Blick! Im Nordwesten ragt der Kalkberg empor, bald fünftausend Fuß hoch. Und im Südwesten schwebt Tag und Nacht eine mächtige Dampfwolke über den vierundfünfzig Pfannen der Salzsieder, deren Pacht in den Händen unserer Ratsherren liegt, nur dem Landesfürst und den Prälaten verpflichtet, wiewohl der Reichtum Lüneburgs und ihrer Bürger seit längerem geschmälert ist: Solange diese Wolke über den Siedehütten in den Himmel steigt, geht es unserer Stadt gut, denn sie verhält sich in diesem Krieg neutral, aber zuvorkommend nach allen Seiten.»

Die Gläubigen schliefen noch immer, und so sahen sie auch nicht die schmalen Hände des Pastors, die so beredt waren wie sein Mund. Sie formten vollendete irdene Gefäße, Becher und Kruken, Giebel, Türme, Lauben- und Kreuzgänge, große und kleine Schiffe mit Masten und Segeln; sie baten und wiesen, sie segneten und verdammten. Er hatte seine Ansprache mit Bildern aus dem Alten Testament geschmückt und Zitate aus dem Neuen Testament eingeflochten. Der Finger flog hoch, er beschwor seine Gemeinde, diese Stadt, die sich über Jahrhunderte ihre Privilegien erkämpft und erkauft habe, wohlhabend geworden durch das Salz, untertan nur der Heiligen Dreifaltigkeit und dem Herzog von Lüneburg-Braunschweig, diese Stadt mit allen Mitteln vor dem drohenden Kriegsgeschehen zu schützen. Am Schluss forderte er donnernd, und dies geschah nicht zum ersten Mal von der Kanzel, dass jeder Bürger der Stadt, wie bisher auch schon geschehen, in solcherart unsicheren Zeiten ausreichend Waffen und Mundvorrat anzulegen und auf sich einschleichendes Gesindel zu achten habe, im Weiteren aber auf den Herrn bauen solle, mit vollem Vertrauen in dessen Barmherzigkeit und Güte, sowie auf den Rat der Stadt und seine weisen Entscheidungen. Danach sang er, und weil er sich mit seiner Stimme verausgabt hatte, geschah dies leise und in sanfter Heiserkeit, doch mitgetragen von der wegen eines erneuten Bisses in den Apfel etwas zu spät einsetzenden Orgel und dem freudigen Jubel der Gemeinde, der in Wahrheit dem Ende des Gottesdienstes galt, das nur Jakob bedauerte.

«Es kommt ein Schiff geladen
bis an sein höchsten Bord,
trägt Gottes Sohn voll Gnaden,
des Vaters ewigs Wort.»

Noch sieben Tage sollte das Schiff unterwegs sein, um den Sohn Gottes als neugeborenes Kind zu Maria und Josef nach Bethlehem zu bringen, der Stadt im fruchtbaren Land Juda unweit der Wüste, die Wiederkehr seines Geburtstages zu feiern, an dem er in Leinen gewickelt in einer Krippe lag, um sich herum Esel, Ochs, Kamel und Hirten sowie die drei Heiligen aus dem Land im Morgen.

Der Kantor setzte den Schlussakkord, warf die Apfelgrieben in die Ritzen des Holzfußbodens und gesellte sich zu den heimwärts ziehenden Menschen, unter denen auch der Träumer war, der mit gesenktem Kopf weiter seinen Gedanken nachhing und deshalb nicht bemerkte, dass Lene Andresen, seine zukünftige Braut, zwischen ihren Eltern vor ihm ging, ihr flachsgelbes Haar mit einem feinen Hut aus Fuchspelz geschmückt, kokett die Hüften werfend.

Weiche Flocken setzten sich auf Kapuzen und Umhänge und überzogen den alten rußgrauen Schnee der Stadt mit einer frischen weißen Decke. Sie rundeten Ecken und Kanten und tanzten zwischen den unzähligen Kaminen auf den Dächern der Häuser im aufsteigenden heißen Rauch, der ihnen den lautlosen Tod brachte, während sie schwebten.

Obwohl schon seit vielen Jahren Söldner und Gesindel aus dem Tross der Heere immer mal wieder in den Dörfern vor der Stadt lungerten, obwohl Handel und Wandel der Stadt in diesen unruhigen Zeiten erhebliche Behinderungen hinnehmen mussten, fühlten sich die Bürger hinter den dicken Mauern beschützt und geborgen. Was draußen auf dem Lande vor sich ging, scherte sie nicht, wenn bei Einbruch der Dunkelheit die Tore mit Schlagbäumen und schweren Bolzen aus Holz verschlossen wurden. Während die Nachtwächter, brennende Kienspanfackeln in den Händen haltend, laut singend ihre Runden durch die Gassen liefen und nach jedem Neumond rasch den Vollmond herbeiwünschten, der sie nicht über Unrat stolpern ließ, und die Torwächter heimlich dem Branntwein zusprachen, der ihr Blut wärmte, geschahen draußen in der Heide vor den Toren Dinge, die das Tageslicht scheuen.

2.

Der Himmel, schwarz wie Ebenholz. Die Sterne smaragdfunkelnd. Safrangelb der Mond. Schnee auf der Heide hellte die Nacht auf. Steife Wacholderbäume, stehenden Toten gleich, kinderklein oder übermannshoch, warfen schwache Schatten. Auf den Birken schliefen Krähen mit offenen Augen, dunkle Flecken in den kahlen weißen Bäumen, nicht einmal ein Krächzen, nur hin und wieder ein langsamer Flügelschlag, ein lautloses Bewegen der Köpfe. Sie schienen die einzig lebenden Wesen über diesem weißen Tuch zu sein, das die Dürre der Landschaft verbarg. Bis sie aufflogen, eine nach der anderen, mit einem schrillen Kräh-Kräh und die frostige Stille zerrissen. Kleine Zweige brachen ab und blieben auf dem Schnee liegen, winzige schlafende Knospen daran.

Margrieta aus Breda war auf der Heide bei Lüneburg in die Hände von hungrigen Söldnern gestolpert. Ein elendes mageres Huhn, das sie aus dem Feuer stehlen wollte, als die Männer noch beim Würfelspiel hockten, war ihr zum Verhängnis geworden, dazu ihre wilden schwarzen Haare, ihre bunten Augen und der rote Mund. Bei mehr als dreihundert Mann im Trupp nach Osten, den Tross aus Frauen und Kindern nicht mitgezählt, wer wollte da von einer Diebin schon wissen, wo sie hingehört. Sie wusste es ja nicht einmal selbst, auch nicht, als sie Breda verlassen hatte.

Sieben Männer zerrten sie mit sich, nichts als ein schreiendes Bündel, das kratzte und biss wie eine Wildkatze. Sie schoben es voran, wenn es nicht mehr konnte, und sie schleiften es hinter sich her, wenn es nach dem Fallen nicht mehr aufstand, weil es die brennende Glut auf der Stirn im Schnee löschen wollte.

Zwischen den Sadebäumen warfen sie ihre Beute rücklings in den Schnee. Ihr hastiges Keuchen fror in der Luft zu weißen Wolken, scharf daneben stand der brünstige Atem der Männer.

Bei dem ersten wehrte sie sich noch mit sehenden Augen. Sie stieß ihm ihre Beine in den Unterleib, dass er aufjaulte. Er riss ihr die Röcke hoch und zerrte sie über ihr Gesicht, dann griff er mit beiden Händen nach dem Saum und drückte ihn zusammen mit ihren Haaren in die harten Sträucher der Heide. Er drang heftig und mehrmals in sie ein; als der Damm riss, schrie sie, doch es kümmerte ihn nicht, und er machte weiter, bis er leer gepumpt war. Er ließ von ihr ab und zog sich die Hose über sein stehendes Glied, während der zweite es kaum erwarten konnte und den Schrei mit dem groben Stoff ihres Rocks erstickte, den er ihr in den Mund drückte, bis auch er fertig war. Der dritte presste den Knebel noch tiefer hinein, er ritt auf ihr, lachte und juchzte auf, als es ihm kam. Der vierte riss ihr den Rock vom Gesicht und das Hemd aus dem Rock, er drückte ihren Mund mit den Händen zu und verbiss sich in ihre Brust und saugte heftig mit jedem Stoß. Der fünfte zerrte sie an den Haaren hoch und lehnte sie an den Baum, er hielt ihre Arme mit den Händen fest und drückte mit den Knien ihre Beine auseinander und schob seine Zunge in ihren aufgerissenen Mund. Als er von ihr abließ, fiel sie nach vorn. Der sechste fasste sie an den Füßen und schob mit ihnen die Beine unter den Bauch, er hob den Rock hoch, kniete hinter ihr, packte sie und schob sie stöhnend vor und zurück, bis er aufstand und sie zur Seite kippte. Der letzte drehte sie auf den Rücken, er legte sich auf ihren Körper und bewegte sich auf und ab, er starrte in ihre weit geöffneten Augen und fuhr mit seiner Handkante quer über ihren Hals. Er tat es dreimal und jedes Mal heftiger, in ihren Adern schlug das Herz. Noch während er die Auf- und Abwärtsbewegung unaufhörlich weiterführte, schob er sie zurück, bis nichts mehr unter ihm war als der von der Hitze der sieben Männer geschmolzene Schnee auf dem Sand. Sie drehte sich auf den Bauch, griff mit den Händen nach einem Strauch und zog sich davon wie eine sterbende Natter.

Margrietas Blut, rot wie Johannisbeeren, wurde zu Eis neben der zerrissenen Schnur und den Perlen vom Rosenkranz, während die Krähen zurück in die Bäume flogen und ihre Schnäbel unter die harten Federn der Flügel steckten.

Sternfunkelnd zwischen weißen Wolken der Himmel jetzt. Das Mondlicht silbern. Der Schnee, eine weiche Matte auf den harten Sträuchern der Heide, schluckte alle Geräusche.

«Lauf, Maja, lauf», rief die Großmutter.

Margrieta kroch davon. In ihrem Kopf nur ein Wort in dauernder Wiederholung. Weiter. Weiter. Wenn sie liegen blieb und ihre Glieder nicht mehr wollten, flüsterte sie: Weiter, weiter. Von der Last des Schnees niedergedrückte Ginsterzweige schnellten hoch, nachdem sie ihren Körper darüber hinweggeschleppt hatte. Sie stieß mit den Händen an große, kalte Felsbrocken, suchte Halt, zog sich hoch und rutschte hinunter, den Kopf zuerst, ihr Rücken krachte auf den gefrorenen Schnee, ihr linker Fuß schlug gegen einen Stein. Sie rollte sich seitwärts, stützte ihre Hände auf den Boden, schob ihren Körper nach vorn und stand auf, noch gebückt, streckte sich, begann zu laufen. Das linke Bein zog sie nach, sie stolperte immer häufiger, und dann fiel sie, streckte auf dem Boden liegend ihre Hände nach dem Schnee aus und zerrieb ihn erst auf den Wangen, dann auf dem Hals, danach auf der Stirn.

Der Sand unter den kleinwüchsigen, verschneiten Kiefern, auf dem die Rehe gelegen hatten, die vor ihr davonjagten, war trocken und warm. Sie kauerte sich unter die Zweige, hob den Kopf und leckte den Schnee. Mit beiden Händen fuhr sie mehrmals durch ihre Haare und ließ die vereisten Strähnen langsam durch die Finger gleiten. In der Hocke, direkt an der harzigen Rinde, die Röcke hochgezogen und mit den Zähnen festhaltend, Stoff, Schnee und Sand im Mund, wartete sie geduldig, bis das heiße, schneidende Wasser lief, und fing es mit den Händen auf. Es brannte, als sie es in die Wunden rieb, die ihr die Männer gerissen hatten. Der Schmerz ließ erst nach, als sie noch einmal nach dem Schnee griff und ihn zwischen ihren Beinen schmelzen ließ. Mit dem kalten Wasser wusch sie das getrocknete Blut ab. Sie zerrte ihren Stiefel vom geschwollenen Fuß und rieb den Knöchel mit Schnee, aber der Schuh wollte nicht mehr über den Fuß. Ihre Beine knickten ein, als sie unter den Kiefernzweigen hervorkam, zitternd in der Kälte, erschrocken über das Husten der Rehböcke und ein fernes Geheul von Wölfen. Der Mond verhüllt mit einem dunstigen Schleier, ringsum ein milchiger Hof, der Mann mit dem Holz unter den Armen war nicht zu erkennen. Wolken flogen über die Sterne. Unschlüssig, wohin sie gehen sollte, sah sie sich um. Vereinzelt Birken, Wacholder auch. Weit entfernt in der grauen Ebene, nur von runden Hügeln unterbrochen, ein dunkler Haufen, darüber ein heller Stern, den der Dunst freigab, unter ihm eine Hütte in der unberührten kalten Wüste aus Schnee.

Sie hinkte darauf zu. Verharschter Schnee rutschte polternd vom Dach, das bis auf die Erde heruntergezogen war. Ein schiefes, hölzernes Tor, mit einem schweren Bolzen verschlossen, darinnen Maria und Josef und das Jesuskind. Margrieta schlug ein Kreuz vor ihre Brust und griff an ihren Hals, der war leer. Ohne zu zögern, ließ sie gleich darauf einen unsichtbaren Rosenkranz durch ihre Finger gleiten. Zuerst das Credo, danach das Vaterunser. Drei Ave Maria, die sie sang. Am Ende die Litanei, darin Glaube, Liebe, Hoffnung.

Schneeflocken wehten aus den Wolken herbei. Margrieta legte ihren Kopf weit zurück und trank sie mit ihren Lippen. Den schweren Bolzen klopfte sie mit einem Feldstein heraus, der neben dem Tor lag, dann zog sie das zweiflügelige Tor mit klammen Händen auf. Die Dunkelheit verströmte den kalten, fettigen Dunst von Heidschnucken, der vom Sommer her noch im Stall saß. Margrietas steife Finger öffneten die hart gefrorenen Bänder, die um ihren rechten Stiefel geschlungen waren, und zerrten ihn herunter. Mit den eisigen Klumpen, die ihre Hände waren, rieb sie die eisigen Klumpen, die ihre Füße waren, bis die Wärme beide auftaute, Hände und Füße. Sie nahm ihre Stiefel, hinkte in den Stall und schloss hinter sich das Tor. Mäuse raschelten auf der Suche nach ihren versteckten Haselnüssen, Käuzchen schrien, Hunde bellten in der Ferne ausdauernd den Mond an.

In der Einstreu aus Heidekraut, die durchsetzt war mit den Kötteln der Schnucken und Wärme gab, umfing sie noch vor dem Nachtgebet ein barmherziger Schlaf. Er gaukelte ihr den Sommer vor. Knospen, Blätter und Blüten brachen auf und setzten Früchte an, die im Herbst den Hunger stillten.

Als sie den knurrenden Hund hörte, der in der Nacht am Tor kratzte, spuckte sie zweimal aus. Ein drittes Mal gelang es ihr nicht, weil ihre Kehle zu trocken war.

3.

Nur an vier hohen Festen im Jahr stieg die Dampfwolke des siedenden Salzes über den Hütten, dem Sod und den Wällen der Saline nicht auf. Am Tag der Geburt Jesu Christi, am Karfreitag, dem Tag der Erinnerung an die Kreuzigung auf dem Golgata, an Ostern, dem Tag der Auferstehung, und zu Pfingsten, dem Tag der Ausgießung des Heiligen Geistes. Wenigstens an diesen Festen erfüllten die Siedeberechtigten Gottes Willen, der siebente Tag sei der Ruhe gewidmet, wie er nach vollbrachter Schöpfung geruht habe. An den anderen Tagen war es ihnen wichtiger, das Feuer der Öfen unter den Pfannen nicht ausgehen zu lassen, weil die Sole ständig nachfloss, der Salzbedarf groß genug und weil die Wärme der Tag und Nacht befeuerten Öfen der Produktion förderlich war.

In den Kontoren und Werkstätten dagegen ruhte am Sonntag die Arbeit. Der Träumer stieg auf den schroffen Kalkberg im Westen der Stadt, der noch innerhalb der Mauern lag. Auf den alten Wegen, auf denen schon Burgmannen geritten waren, ließ es sich trefflich gehen, und so furchten seine Füße in den ledernen Stulpenstiefeln ohne große Anstrengung den Schnee aus.

Die Sonne stand tief, und der Schatten des Berges lag jetzt weit nach Osten hin als stumpfer Kegel über dem Gewirr aus Häusern und Gassen. In ihm verbargen sich auch die kleine Cyriakskirche am Fuß der zerklüfteten Kalkhänge und die größere Michaeliskirche, etwas weiter östlich, während die Backsteinmauern der anderen

Kirchtürme und die Ziegeldächer der Häuser in einem goldenen Rot aufschimmerten. Mit seiner Höhe überragte der Berg nicht nur diese Kirchtürme, er stellte auch alles, was sich weit umher aus dem leicht gewellten Land erhob, in seinen Schatten, weil er nicht bei jedem bisschen Sturm davonwehen konnte wie die Dünen und Hügel in der Heide. Von denen die Alten gern erzählen, dass sie in den Johanninächten ohne jeden Lufthauch gen Südosten wandern, im Winter hingegen wieder zurückkehren, während die aufgeklärten Jungen die frühsommerliche Bewegung des feinen Sandes auf den üblichen Nordwest- und die winterliche auf den dann vorherrschenden Ostwind zurückführen, deren Zusammenspiel die Dünen mit der Zeit leicht verschöbe. Und dieser Meinung hatte sich auch Jakob nach eingehendem Studium der Winde angeschlossen.

Auf dem Gipfel angekommen, fühlte er sich dem Himmel nah wie die Burg, die früher hier oben der Zuflucht der Menschen und dem Schutz der Stadt gedient hatte. Jetzt stand nur noch ein Turm an ihrer Stelle, in dem niemand mehr hauste.

Außerhalb der Stadtmauern lagen dunkle Flecken in der verschneiten Heide, die Dörfer. Dazwischen einzelne Katen mit Hauben aus Stroh, das auch die Schafställe trugen, die eigentlich aus nichts weiter als aus diesem Dach bestanden. Verstreut standen lange Immenzäune, die geflochtenen Körbe leer, von den Imkern im Herbst ausgeräuchert, um den Bienen die Tracht der mit goldenem Honig gefüllten Waben aus den Körben stehlen zu können.

Wie schon in der Kirche flogen auch hier oben auf dem Gipfel seine Gedanken davon, ohne dass jemand sie aufhielt, wie seine Mutter es gern tat, wenn sie ihn fragte, woran er denn nun schon wieder dächte. Oder wie sein Vater, der ihn anpfiff, wenn er im Kontor wieder einmal vergaß, die Feder über die Seiten des Rechnungsbuchs zu führen. Seit langem schon hatte der Vater ihm jede Beschäftigung mit der Astronomie verboten, da sie weder etwas einbrachte noch sonst zu etwas nütze war, weil er, wie die meisten anderen Menschen und wie auch Luther und Melanchthon vor ihm, von den Theorien des Kopernikus nichts hielt.

Auch die Mutter hatte nur abgewunken, als Jakob einmal versuchte, sie für seine Ideen und damit für seine Zukunftswünsche zu gewinnen. Mit derartigen Gedanken, die der Erde den Platz in der Mitte des Himmels streitig machten, mochte sie nichts zu schaffen haben. Sternengucker, das sind Träumer, zu keiner sinnvollen Tätigkeit imstande, hatte sie empört gesagt.

Astronomen müssen die Rechenkunst beherrschen, hatte er eingeworfen, in der Hoffnung, damit kämen sie bei seiner Mutter besser weg, denn rechnen, das konnte sie auch, obwohl sie nicht zur Schule gegangen war.

Rechnen solle ein rechtschaffener Mensch mit Geld, hatte sie geantwortet, die Addition, die Division und die Multiplikation muss einer können, der es zu etwas bringen wolle, Punkt. Und heiraten solle ein Mann in seinem Alter, dann käme er von selbst auf andere Gedanken. Eine Frau zeige, um ihrer Kinder willen, wo es lang gehe, sie vermöge es auch, unruhiges Blut des Nachts auf dem Stroh in richtige Bahnen zu lenken.

Nach solchen Gesprächen drängte es ihn, einfach fortzulaufen, feste Mahlzeiten und das warme Federbett einzutauschen gegen eine unbekannte Zukunft, die ihn lockte. In seinen Träumen ging er auf die Reise, ohne die Beine unter Vater und Mutters Tisch hervorzuziehen, die sich so angenehm darunter ausstrecken ließen, während die Magd die Mahlzeiten servierte.

Jakob biss sich auf die Lippe. Obwohl es ihm unter den Nägeln brannte, hatte er noch nicht den Mut gefunden, den Vater über seine Pläne zu unterrichten. Irgendwann, bald, würde er es ihm sagen müssen, dass nicht das Zählen und Messen von Salz und somit die Umwandlung in Münzen den Lauf seines Leben bestimmen sollte, sondern das Zählen und Messen der Sterne und somit die Umwandlung in Himmelskarten. Es brauchte nur die richtige Gelegenheit zur rechten Zeit.

Unter dem Schnee war die Stadt prächtig anzusehen, geschmückt mit der Dampfmütze von der Saline. Aus den Kaminen der meisten Häuser qualmte es, steil stiegen graue Schwaden in den Himmel. Beide, Rauch und Dampf, versprachen, dass zu Hause in der beheizten Stube das Feuer nicht ausgehen würde.

Einmal hatte Jakob geglaubt, von hier aus die Elbe sehen zu können, im Norden, vor den steilen Ufern von Lauenburg. Da hatte ein Sturm die Luft von allen feinen Sandkörnern freigepustet, die so oft über das Land wehten, seit die Wälder durch den unstillbaren Holzhunger der Salinenöfen verschwunden waren. Auch für unzählige Koggen, Ewer und Prahme, für Dachstühle und Möbel, für Kutschen, Wagen und Karren sowie für den Ausbau der Förderstollen in der Saline wurde seit Jahrhunderten Holz gebraucht, und so war aus den Wäldern um die Stadt nach und nach die Lüneburger Heide entstanden.

Im Herbst leuchtet sie violett auf, ein verschwenderisches Feuer aus winzigen Blüten. Jetzt stand die Sonne tief und glühend rot vor dem aschegrauen Himmel und beschäftigte Jakobs Gedanken.

Geht sie wirklich unter, dort im Westen? Wäre es nicht besser, Sonnenabwendung zu sagen? Weil die Erde sich von der Sonne wegdreht und sie sich gar nicht bewegt? Oder kreist sie vielleicht um sich selbst und schleudert dabei ihre Flammen in das Himmelsgewölbe, alles verbrennend, was in ihre Nähe kommt, Sterne, Sternschnuppen, Planeten, Meteore? Die glühend auf die Erde stürzen und zu glänzend schwarzen Steinen werden? Gebiert sie dabei gar Kometen, die dann für immer und ewig durch das Himmelsgewölbe irren müssen?

Die Dämmerung färbte den Schnee in einem blassen Hellrot, der Frost biss Jakob in die Nase, als er nach Südosten hin vom Kalkberg abstieg. Den Kopf voller Fragen, nahm er sich vor, auf dem Rückweg seinen alten Lehrer zu besuchen, denn das halbe Trauerjahr war um, in dem es sich nicht geschickt hätte, ihn aufzusuchen. Im letzten Sommer hatte die Pest die Frau des Lehrers, dazu die einzige Tochter, deren Mann und fünf Enkelkinder dahingerafft. Fast zweihundert Schüler des Johanneums waren den Särgen durch die Stadt zum Friedhof gefolgt und hatten die verstorbene Familie dahingesungen. Bei dem Vers «Hier ist er in Angst gewesen, dort aber wird er genesen, in ew'ger Freud und Wonne leuchten wie die helle Sonne» hatte Jakobs Stimme versagt. Nach dem Begräbnis hatte der Lehrer sich, von der Schwermut befallen, aus der Schule und von den Menschen zurückgezogen und in die Obhut seiner unverheirateten Schwester begeben, Jakob hatte noch keine Gelegenheit gesehen, die Gespräche mit ihm wieder aufzunehmen. Der neue Lehrer legte mehr Wert auf das Lateinische sowie auf die Pflege des Chorgesangs seiner Schüler, der zu den verschiedensten kirchlichen Anlässen wie Hochzeiten oder Begräbnissen benötigt wurde. So gab es in der Stadt niemanden mehr, mit dem er über die Astronomie reden konnte, die Lehre von Nikolaus Kopernikus und dessen Schülern war für ihn nicht mehr zugänglich. Nur die Wörter der Schriften im Kopf, war er allein auf sich gestellt, und er musste sich immerfort hüten, auch nur den Namen des Ketzers Kopernikus zu erwähnen.

Die niedrige Tür des schmalen Hauses, an die er klopfte, wurde von der Schwester des Lehrers einen Spalt breit geöffnet. Ihr kleines faltiges Gesicht dahinter wies Jakob ohne Gruß ab.

«Mein Herr Bruder schläft», sagte sie missmutig. «Das kommt davon, weil er den ganzen Tag die allerneuesten Aufzeichnungen seiner Söhne studieren muss, aber seine Augen wollen nicht mehr so wie er. Und warum müssen sie auch alle drei immer auf einmal ihm Nachricht zukommen lassen?»

Da wusste Jakob, dass er nicht mehr lange zu warten brauchte. Das Gespräch über die Briefe der Söhne war dem Alten immer schon ein Herzensbedürfnis gewesen. Des Lehrers Ältester beschäftigte sich wie sein Vater mit der Mathematik und war ein angesehener Organist in Lübeck. Der Mittlere übte das Handwerk des Druckers in Antwerpen aus, und der Jüngste studierte in Florenz die Bildhauerei. So verlor der greise Lehrer sich nicht wie andere alte Menschen in der Erinnerung, sondern er freute sich an der Zukunft.

Jakob fragte die Schwester höflich, wann er denn wieder anklopfen dürfe.

«Am besten zwischen den Jahren, wenn es denn unbedingt sein muss», schlug sie vor und ihm gleich darauf die Tür vor der Nase zu.

«Ich komme», sagte Jakob voller Freude, obwohl sie es nicht mehr hörte.

Er umrundete noch einmal die Stadt innerhalb ihrer Mauern, bevor er nach Hause ging. Jeden Platz, jede Gasse und jedes Haus kannte er hier. Aus der Ilmenau, die, von Bodenteich herkommend, die längste Strecke zur Elbe schon hinter sich gelassen hatte, schlugen die Brauer große Blöcke zur Kühlung für ihr Bier in den Sommermonaten. Mehrere Löcher waren schon entstanden, schwarze Flecken im Weiß, nur eben überfroren. Das Eis krachte und barst durch den Druck des unter ihm fließenden Wassers. Manchmal klirrte es wie zerspringendes Glas auf Fliesen, und wenn man genau horchte, erzählte es schaurige Geschichten von Hineingestoßenen oder anderen Ertrunkenen, die nur im Winter zu hören waren, wenn sich das Wasser zu einem anderen Zustand verdichtet hatte.

Am bereits verschlossenen Lüner Tor stampften zwei Wächter mit ihren Füßen über den festgetretenen Schnee und schlugen sich wegen der Kälte die Arme kreuzweis um den Rücken. Tief im Südwesten stand neben dem Nikolaiturm schon der Abendstern, und Jakob hätte ihm gern zugewinkt, aber er unterließ es wohlweislich. Hinter ihm tauchte eine Horde Knaben auf, die harte Schneeklumpen nach ihm warfen und nur darauf lauerten, ihn

Sternegucker zu beschimpfen, wie sie es schon häufig getan hatten. Jakob schüttelte seine Haare, zog den Kragen hoch, versenkte seine Hände tief im Umhang und eilte davon. Vor seinen Augen standen ein warmer Krug Bier, das schwarze Brot seiner Mutter und eine mit heißem Wasser gefüllte, fest verschlossene, irdene Kruke unter dem Federbett, um des Nachts Körper und Füße angenehm zu wärmen.

Auf dem Marktplatz am Sande ragte der gestaffelte Giebel seines Elternhauses in den Sternenhimmel, gemauert aus rotem Backstein, golden leuchtete eine Öllampe hinter den Fenstern des zur Straße hin vorspringenden Erkers. Bevor Jakob das spitzbogige Eingangsportal öffnete, sah er noch einmal zum östlichen Himmel, wo unter der Milchstraße der Stier und an seinem Kopf die sieben Sterne der Plejaden standen, herbeigetanzt für die Zeit des Winters. Er holte ihre Namen aus einer Lade in seinem Kopf, wo sie eingebettet in kostbaren roten Samt ruhten, denn er liebte sie über alles.

«Kelaino, Elektra, Taygete, Alkyone, Sterope, Merope, Maja», murmelte er leise, als könnte ihn sein Vater hören.

«Sternegucker, Sternegucker», schrien die Knaben.

4.

Außer dem Rascheln der Mäuse und dem Geruch nach fettiger Wolle gab es nichts in der Dunkelheit. Margrieta setzte sich auf. Sie tastete erst über das Stroh neben sich, danach über ihren Körper, sie suchte in ihrem Kopf herum, bis sie wieder wusste, was ihr geschehen war, und es fühlte sich nicht viel anders an als die Male zuvor.

«Im Namen Jesu, meines gekreuzigten Heilandes, stehe ich auf. Er wolle mich diesen Tag beschützen, behüten und bewahren an Leib und Seele.»

Sie dachte an nichts als Brot und verließ den Stall. Draußen begann die Nacht eben die Dämmerung über der Heide abzulösen. Margrieta war erfreut, als sie sah, dass der Hund Schnee gefressen hatte, Tauwetter würde kommen, sie erschrak, als sie neben den dicken Pfotenabdrücken eines Hundes breite menschliche Fußspuren sah, die ihre von der Nacht kreuzten.

Sie hob Schnee auf, besprengte und bekreuzigte sich, murmelte: «Im Namen des Vaters, des Sohnes und des Heiligen Geistes. Amen», bückte sich noch einmal, formte ihre Hände zu einem Gefäß für Schnee, den sie in ihren Mund schob und gierig schluckte. Sie hielt das Gesicht in den Wind, sog die Luft ein und stieß laut ihre Gedanken aus.

«Rauch. Wo Rauch ist, leben Menschen. Wo Menschen sind, gibt es Brot. Aber ich muss Obacht geben. Auch Soldaten zünden Feuer an.»

Schnüffelnd drehte sie sich auf der Stelle, änderte ihre Richtung und humpelte weiter, diesmal schneller. Den linken Fuß hatte sie mit einem abgerissenen Streifen vom Rock fest umwickelt, der rechte steckte im Stiefel. In den dunklen Schneekuhlen ihrer Tritte sammelte sich Wasser, wenn sie die Füße herauszog, eine davon war jedes Mal tiefer als die andere. Viele Kuhlen waren es, bis Margrieta einer Hütte ansichtig wurde.

In dünnen Fäden quoll Rauch aus den Ritzen eines Daches, das wie bei dem Schafstall tief bis auf den Boden reichte und sich ohne Begrenzung in den Schnee verlor. Rußige Flocken lagen darauf, scheckig wie das Fell eines schwarzbunten Schafes oder einer gefleckten Katze.

Noch zögernd und an der schief in den Angeln hängenden Tür lauschend, es konnten dahinter ja Söldner Quartier genommen haben, griff Margrieta nach dem Reisigbesen, der quer davor steckte, und stellte ihn aufrecht an den Pfosten, auf den mit Ruß drei Kreuze gezeichnet waren. Bevor sie die Hütte betrat, legte sie ihr Ohr an das Holz, dann drückte sie leise die Tür nach innen und blieb stehen. Bis ihre Augen in der Dunkelheit etwas erkennen konnten, hatte sich unter ihren Füßen eine Pfütze auf dem gestampften Lehm ausgebreitet. Wärme wehte ihr entgegen. Knistern von Feuer. Zerplatzende Funken. Auf der offenen Herdstelle glommen ein paar Äste. Grauweißer Dampf und grünliche Flammen, die zu Rauch wurden, vermischten sich. Davor saß eine kleine, dunkle Gestalt auf einem klobigen Holzklotz, formlos durch einen Wust von Tüchern und Umhängen. Ihr Gemurmel vermischte sich mit dem mahlenden Wiederkäuen eines Schafes und einer leise vor sich hin meckernden Ziege, dem Singen eines Huhns und dem Piepen der Mäuse, bis eine Gans hochflatterte und laut schreiend, den Schnabel vorgereckt, auf Margrieta zuflog.

Ruckartig sackte der Körper der Frau in sich zusammen, richtete sich wieder auf, versteifte sich zu einer Säule, Tücher rutschten herab. Eine magere Alte drehte sich um, die Augen angstverzerrt, die dünnen grauen Haare zu einem Zopf auf dem Kopf gewunden, eine Mütze aus Wolle darauf. Die schmalen Lippen öffneten sich zu einem Keifen, als sie erkannte, dass nur ein zerlumptes Mädchen in ihre Kate eingedrungen war.

«Herr, mein Gott, erbarme dich! Was schleichst du hier in meiner Hütte umher?»

«Ich habe Hunger», sagte Margrieta, während sie näher an das Feuer humpelte.

Die Alte ging zur Seite und nahm einen tiefen Holzlöffel aus den Dachsparren, bückte sich und schöpfte heißes Wasser aus dem schwarzen Topf, der auf vier Füßen in der Glut stand. Hastig griff sie nach einem hölzernen Napf, klappte den Deckel auf, fuhr mit zwei Fingern hinein, warf einen schelen Blick zu Margrieta und gab eine Prise Salz in das Wasser. Mit langem Arm reichte sie ihr den Löffel und achtete aus zusammengekniffenen Augen genau auf das, was Margrieta tat.

Die nahm den Löffel, trank und spuckte das kochend heiße Wasser in hohem Bogen ins Feuer, wo es verzischte. Sofort schlug die Frau ein Kreuz mit den Händen, stand danach fest auf einem Fleck, wiegte den Oberkörper vor und zurück. «Hab selbst nichts», murmelte sie.

Margrieta holte tief Luft und pustete dann mit vollen Backen auf den Löffel, bevor sie das Wasser schlürfte. Die Wärme floss durch ihren Mund in den Magen und breitete sich danach durch den Körper aus bis zu den Fingern und den Zehen und am Ende in den Kopf, der den Mund noch einmal bitten ließ: «Ich habe Hunger.»

Mit krummen Fingern nahm die Frau jetzt einen viertel Laib Brot aus einer Kiste und riss einen Kanten ab, Margrieta dabei nicht aus den Augen lassend, den Laib legte sie gleich darauf zurück.

«Mein Herr, mein Gott, hilf mir», murmelte sie und reichte, wieder die Arme weit ausgestreckt, das Brot. Margrieta tauchte den Schöpflöffel noch einmal in den Topf und das Brot in das heiße Wasser, nahm es heraus und begann langsam zu kauen. Es quoll in ihrem Mund auf und füllte den Magen mit einem warmen und süßen Brei.

«Ich bin nicht, was Ihr denkt», sagte Margrieta leise.

«Das kann jede sagen», keifte die Alte. Sie faltete ihre knotigen Hände, die Totenknochen ähnelten, und warf einen zweiten scheelen Blick auf Margrieta.

«Herrgott, hilf mir, Amen.»

Sie zerbrach ein paar trockene Äste und legte sie auf das Feuer. Funken stoben auf und tanzten über der Glut. Dann griff sie hastig in den Napf und warf ein paar Körner Salz dazu. Diesen Augenblick nutzte Margrieta. Sie nahm das restliche Brot aus der Kiste, stopfte es schnell unter ihre Jacke, riss die Tür auf und humpelte davon. Die Alte lief Margrieta mit kleinen Schritten hinterher, griff nach dem Besen und warf ihn ihr nach. Der Besen traf und fiel in den Schnee, der Stiel zerbrach. Margrieta hob den längeren Stock auf, stützte sich darauf und verschwand in der Dunkelheit.

«Hexe, Hexe, Hexe», krächzte die Frau und bekreuzigte sich. Ihre Stimme war wie die eines Raben im Baum, bevor er aufflog. Margrieta drehte sich um, lachte und schnitt der alten Frau eine Teufelsfratze, bevor sie durch den Schnee davonhinkte.

5.

Der Tisch in der oberen Stube des Brinck'schen Treppengiebelhauses war gedeckt mit feinem Geschirr und silbernen Löffeln, einem Teller voller heißer Wecken, mit Ingwer gewürzt und sultaninengespickt, dazu gab es eine Kruke mit heißer Milch, für die Männer stand warmes Bier mit Muskatnuss bereit.

Die Sonne schickte ihre Strahlen eben noch in die Fenster und färbte Lene Andresens blonde, hoch gesteckte Haare quittengelb, gelber noch als die Butterblumen im Mai. Ohne jede prophetische Gabe war zu erkennen, wie sie in zwanzig Jahren aussehen würde. Sie saß neben ihrer Mutter.

Und umgekehrt in ihr die Mutter wieder zu erkennen war ebenfalls möglich, auch die schien einst eine so kecke Jungfrau gewesen zu sein wie ihre Tochter.

Die Mutter also, Herdeke mit Namen. Eine Matrone mit einem runden Gesicht, darin eine stupsige fleischige Nase, darunter ein üppiger Körper. Sie lachte unentwegt, von der Nase abwärts hingen die Wangen wie kleine Säckchen auf einen weißen Stehkragen und hüpften auf und ab. Lachten beide, Mutter und Tochter, flackerte die dicke Kerze auf dem Tisch mit, die Magdalena Brinck von der Magd eigens für die dunklen Tage hatte ziehen lassen. Bemüht um ebenso gute Stimmung wie die zukünftige Brautmutter, setzte Magdalena mehrmals ein Lächeln auf ihre Züge, aber es erstarb ihr bei jedem Blick, den sie ihrem Sohn zuwarf. Der saß steif am Tisch und griff sich ein ums andere Mal an den Kragen, was er mit der

Wärme in der Stube erklärte. Worauf Magdalena kopfschüttelnd zum Ofen sah, in dem das Holz schon heruntergebrannt war. Was Herdeke Andresen erheiterte und Lene ihrer Mutter einen empörten Blick zuwerfen ließ und Diedrich, den spindeldürren Vater, sowie Lambert bewegte, sich abzuwenden von den albernen Weibsbildern und hinunter ins Kontor zu gehen, um Pfeifen mit dem neumodischen Tabakskraut zu rauchen, das ein Reisender aus England mitgebracht hatte.

Kurz und gut, ein Nachmittag, wie geschaffen für junge Leute, ein Verlöbnis zu besprechen, gewürzt mit süßem Gebäck und Kerzenschimmer und gekrönt mit dem längst gegebenen Segen der Eltern. Zumal Magdalena, eine Entschuldigung murmelnd, ebenfalls die Stube verließ, Herdeke Andresen am Arm mit sich ziehend, die schnell noch ihrer Tochter einen aufmunternden Blick zuwarf.

Kaum waren die Alten fort, setzte Lene sich kerzengerade hin und sah Jakob ernst in die Augen, bevor sie ihre Lider senkte.

«Sie wissen es noch nicht, aber ich werde bald zu den Schwestern gehen», flüsterte sie.

Dies hätte eigentlich ein Moment der Erleichterung für Jakob sein müssen, er hätte die Worte stehen lassen können. Stattdessen fragte er verwirrt nach.

«Und warum habt Ihr das heimlich beschlossen?»

«Ich kann nicht heiraten.»

«Und warum nicht?»

Tränen flossen, sammelten sich in Lenes Grübchen und liefen am Kinn entlang. Sie sah sich nach allen Seiten um, beugte sich über den Tisch ganz nah an Jakob heran und flüsterte: «Ich darf kein Kind gebären.»

Diese Aussage machte ihn ratlos, besonders aus dem Mund einer Frau, die er heiraten sollte. Von Kindern nämlich hielt er auch nicht viel. Sie stahlen einem die Zeit wie das Glücksspiel mit Karten. Er hatte sich stets vor ihm gehütet.

Lene zog die Maserung des Holzes auf der Tischplatte mit den Fingern nach, lauter Ringe der Zeit. Dann legte sie ihre Hand mit dem Rücken auf den Tisch und öffnete sie. Klein und hell, glich sie der unschuldigen Hand eines Kindes. Und wie auf dem Holz zog sie jetzt die Linien mit dem Zeigefinger nach und hielt ihn kurz vor der Handwurzel an.

«Wollt Ihr es nicht wissen, warum?»

Jakob nickte. Sehen konnte sie das nicht, sie war mit ihrer Lebenslinie beschäftigt und mit der Antwort auch.

«Es ist mir aus der Hand gelesen worden. Ich werde nach der ersten Niederkunft sterben. Da war ein Schäfer auf dem Markt, der hat auch bei anderen schon vieles gesehen. Ich glaube nicht, dass er mich belogen hat.»

Widerstreitende Gefühle kämpften in Jakob.

Einerseits hielt er von Aberglauben nichts. Weder vom Handlinienlesen noch von den Weissagungen aus den Sternen, nichts von Kobolden, Zwergen und Wassergeistern, die vorhersagten, auch nichts von weisen Frauen, und von Schäfern schon gar nichts, die meinten, sie hätten die Weisheit der Welt im Fett der Wolle ihrer Schnucken gefunden. Nur über die Unheilsverkündigung durch den Kometen zu Beginn des Krieges wollte er noch einmal mit dem alten Lehrer sprechen.

Andererseits würden ihm die Sprüche des Schäfers Verlobung und Hochzeit ersparen und Lene vom Leibe halten. Bis seine Mutter eine andere heiratsfähige Jungfrau aufgetrieben hätte, würde eine gewisse Zeit vergehen. Aber es half ja nichts.

«Ob wir unser Einverständnis zur Hochzeit geben, wird unser beider Eltern wenig scheren.»

Lene sah ihn an.

«Würdet Ihr mir dann etwas versprechen?», fragte sie.

«Wenn es in meiner Macht steht.»

Lene putzte sich mit ihrem Spitzentuch ein paar Tränen ab.

«Dass Ihr mich in der Ehe nicht berührt, würdet Ihr mir das versprechen?»

«Dann ist es vielleicht doch besser, Ihr geht zu den Schwestern», sagte Jakob, entschlossen, das Unheil der Ehe von sich abzuwenden, «denn dass Euer zukünftiger Mann Euch nicht berühren soll, scheint mir mit einigen Schwierigkeiten verbunden zu sein.»

Darüber musste Lene nachdenken. Bevor sie etwas erwidern konnte, redete er weiter: «Ich will nämlich auch nicht heiraten.»

«Warum das denn nicht?», fragte sie empört.

«Ich möchte die Astronomie studieren. Sternenkunde.»

Lenes Gesicht hellte sich auf.

«Dann könntet Ihr mir aus den Sternen weissagen. Das ist viel genauer als aus der Hand. Ich bin im Zeichen des Stieres geboren, am zehnten Mai morgens gleich nach Sonnenaufgang. Vielleicht wird dann alles gut.»

«Nein», sagte Jakob, «das werde ich nicht können. Ich will nicht wissen, was die Sterne über das Leben der Menschen sagen, ich will ihren Lauf am Himmel verfolgen. Das andere, was Ihr meint, das nennt man die Astrologie. Auch wenn der eine oder andere Astronom ihr noch anhängt und manches vielleicht auch seine Richtigkeit haben mag, wenn man die Konstellation von Sonne und Sternen zum Zeitpunkt der Geburt eines Menschen betrachtet, so ist sie doch keine ernsthafte Wissenschaft.»

Diese Aussage ließ Lene für einen Augenblick innehalten, sie sah ihn nachdenklich an, ihre Zunge fuhr über die Lippen.

«Wissen die Eltern von Eurem Wunsch?», fragte sie nach einer Weile.

«Sie wollen nichts darüber wissen», sagte Jakob.

«Ich verspreche Euch, dass ich schweige, wenn Ihr mir versprecht, dass auch Ihr schweigt über alles, was ich gesagt habe. Dann sind wir uns einig mit der Hochzeit? Ihr könnt von mir aus so viel die Astrologie studieren, wie Ihr lustig seid. Und ich muss nicht sterben, wenn Ihr Euer Versprechen haltet.»

«Astronomie», verbesserte Jakob. Ihm war, als legte sich ein eisernes Band um die Brust.

Lenes Hand, die über den Tisch hinweg die seine ergriff, war schwitzig vor Aufregung über das gemeinsame Geheimnis.

Er wollte seinen Arm fortziehen, aber sie legte ihre linke Hand über seine und drückte sie fest auf das Holz. In diesem Augenblick kamen die Elternpaare zur Tür herein. Dass sie die Hände ihrer Kinder innig ineinander auf dem Tisch liegen sahen, erfüllte sie mit so unvorstellbarer Erleichterung, dass sie sich, einander lächelnd ansehend, dazusetzten. Als nichts geschah, keiner etwas sagte und die Hände der beiden sich voneinander lösten und unter dem Tisch verschwanden, begannen die Mütter, sich über die jeweils schon vorhandenen Enkelkinder auszutauschen, die allesamt gut geraten waren. Danach versuchten sie

Jakobs finstere Miene zunächst damit aufzuhellen, dass sie darüber sprachen, wie sehr sich die Kinder, und selbstverständlich nicht nur diese, auf das baldige Fest freuen würden. In dieses Gespräch platzte Lene mit der Ankündigung der Verlobung, weil Jakob ja offensichtlich so fest entschlossen war, den Mund nicht zu öffnen.

«Und im Mai gibt es auch ein Fest, dann wollen wir heiraten.»

Jakob blieb nichts anderes übrig, als mit weit aufgerissenen Augen zu nicken und dabei an Prag zu denken. Niemand sah es ihm an, was in seinem Kopf vorging. Woher sollten sie es auch wissen, worüber er mit Lene gesprochen hatte. Sie hielten seine starre Miene wohl für den schüchternen Ausdruck freudiger Erwartung eines Lebens an der Seite dieser jungen Frau.

Lambert Brinck schenkte für sich, seinen Sohn und den zukünftigen Brautvater drei kleine Silberbecher voll mit dem feinsten Geist aus Äpfeln ein. Magdalena, Herdeke und die zukünftige Braut bekamen einen tiefschwarzen Aufgesetzten aus Holunder, ebenfalls in Silber. Sie hoben die Becher und tranken auf das Verlöbnis, wonach Jakob allen Mut zusammennahm und mit einem Blick auf Lene sagte, sie seien sich wohl einig, aber auch überein gekommen, in Anbetracht der eben angesprochenen schlechten Zeiten mit der öffentlichen Verkündigung der anstehenden Verbindung noch zu warten, nach Möglichkeit bis zum Ende des Krieges. Lene schlug die Augen nieder und nickte dazu. In ihrer Freude und Genugtuung überhörten zwei Mütter und ein Brautvater den Einwand Jakobs in der stillen Hoffnung, das Blut würde schon sein Recht verlangen, jetzt, da der Junge vor Zeugen die Zustimmung zur Verlobung gegeben hatte. Nur Lambert Brinck blickte seinen Sohn scharf an und kniff die Lippen zusammen, bis sie ein dünner Strich im Gesicht waren.

Die Sonne malte noch einmal Lenes Haare an, diesmal feuerrot, dann verließ sie die große Stube auf dem Weg in den Abend. Bald darauf setzte die Dämmerung ein, und der Abendstern ging auf. Hinter den Fenstern der Häuser draußen in der Stadt flammten die Lichter der Öllampen auf. Kurze Zeit später begann der halbe Mond die Wanderung von Ost nach West über den nächtlichen Himmel. Seine Sichel geleitete nicht nur Herdeke, Lene und Diedrich Andresen nach Hause, sie begleitete auch den Nachtwächter auf seinen Runden, der immer wieder von neuem das Lied von den drei Reitern sang, die zum Tor hinausritten, voller Lust am Leben auf dem Rücken der Pferde hinaus in die Schlacht.

6.

Bis das Genick krachte und die Läufe nicht mehr zappelten, schlug sich der magere Hund auf dem Sandweg einen Hasen um den Kopf. Von seinen Lefzen troff der Magensaft in den Schnee, während aus seinem Maul schlaff der Hase hing, aus dessen Kopf das Blut tropfte.

Margrieta schlich sich heran, hob einen Stein auf und wartete.

Der Hund ließ den toten Hasen auf den Boden fallen. Sie warf den Stein und griff blitzschnell mit der anderen Hand nach dem Fell. Aufjaulend krümmte sich der Hund, drehte sich um sich selbst, der vom Blut rote Schnee stob auf. Margrieta humpelte davon. Das Jaulen des Hundes blieb zurück.

Vor dem Schafstall legte sie ihre frische Beute in den Schnee. Sie öffnete das Tor und holte trockenes Heidekraut aus dem Stall, das sie zu einem großen Haufen aufschichtete. Mit den Händen riss sie dem Hasen das Fell auf, wo der Hund ihn gebissen hatte. Zwei Steine von grauer und weißer Farbe schlug sie so lange zusammen, bis Funken das Reisig entzündet hatten und scharfe Steinsplitter auf dem Boden lagen. Sie ging in den Stall und kam mit Händen voller trockener Schafsköttel zurück, die das Feuer zum Lodern brachten. Den größten Steinsplitter, scharf wie ein Messer, nahm sie, um das Fell vom Fleisch zu schaben. Dann bohrte sie den Stock der Alten durch den nackten kleinen Körper. Über dem Feuer hielt sie Stock und Hase fest. Während das Fleisch langsam gar wurde, murmelte Margrieta mehrere Ave Maria, danach sang sie das Lied von Ontje aus Amsterdam, viele Male, und das ging so:

Welch Glück hatte
Ontje aus Amsterdam,
der kannte keinen Vater,
den liebte die Mutter nicht,
dem lief der Hund weg,
den kratzte die Katze,
den trat eine Kuh,
dem brannte das Haus,
dem starb darin der Schatz,
den begrub er unter einem Rosenstrauch,
da riss ihm das Herz,
doch brach es nicht,
welch Glück hatte Ontje aus Amsterdam,
den liebte die Mutter nicht,
der kannte keinen Vater …

Das Feuer zischte auf, wenn Fett hineintropfte, die Flammen fraßen es und fielen wieder in sich zusammen, bevor sie erneut aufzüngelten. Der Duft von geröstetem Fleisch zog in Margrietas Nase, es lief ihr das Wasser im Mund zusammen. Ontje mit dem zerrissenen Herzen blieb unter dem Rosenstrauch zurück, sie leckte sich den Speichel von den Lippen und sprach ihr Gebet.

«Zwei Dinge, Herr, sind Not,
die gib nach deiner Huld,
Gib mir das täglich Brot,
vergib mir meine Schuld.
Amen.»

Sie drehte eine der verbrannten Keulen aus dem Fleisch und steckte den Stock mit dem Hasen neben die Glut in den aufgetauten Boden. Mit den Zähnen riss sie die schwarze Haut herunter und spuckte sie aus, nagte das Fleisch von den Knochen und verschlang den Rest zusammen mit dem Brot der Alten, bis nichts mehr übrig blieb als nur Haut und Bein für den Hund, der in der Nacht anschlich, den Schwanz zwischen die Beine geklemmt. Sie hörte, wie er die harten Reste zerbiss, aber sie verspürte keine Angst vor seinen scharfen Zähnen hinter der verschlossenen Tür des Stalls. Und weil sie nach dem satten Mahl ihr Gebet vergessen hatte, wollte sie es nachholen, aber sie kam nicht weiter als «Gebenedeite Mutter meines Erlösers, seligste Jungfrau Maria, heiliger Schutzengel und ihr, meine heiligen Patrone, wachet über mich diese Nacht hindurch …»

Aus den Aufzeichnungen des Jakob Brinck

Mond (Trabant, lat. Luna)

Trabant eines Planeten, besonders der Erde. Der Mond bewegt sich während achtundzwanzig Tagen in einer elliptischen Bahn um die Erde. Er ist nur durch das ihn anstrahlende Licht der Sonne sichtbar, wenn er zwischen Erde und Sonne steht (Konjunktion), sehen wir ihn nicht, er heißt dann Neumond. In der ersten Hälfte seiner Bewegung heißt er zunehmend und erscheint an der Westseite sichelförmig. Wenn die Erde zwischen ihm und der Sonne steht (Opposition), heißt er Vollmond. In der zweiten Hälfte seiner Bewegung heißt er abnehmend und erscheint an der Ostseite sichelförmig. Diese verschiedenen Phasen sind der Mondwechsel.

Die Gebirge auf der Mondoberfläche hielt man vor der Erfindung des Fernrohres für Meere, daher ihre Namen, zum Beispiel Mare Imbrium, Mare Crisium. Im Volksglauben werden die Gebirge als Mann im Mond gedeutet, er ist der Wasserträger, der Ebbe und Flut macht, und einer, der Holz trägt. Leben wie auf der Erde gibt es auf dem Mond vermutlich nicht.

7.

Jeder Wetterumschwung trägt neue Geschichten und vor allem Prophezeiungen mit sich, die weitererzählt werden wollen, sobald man sie gehört hat. Die Wintersonnenwende begann mit Tauwetter, und Magdalena Brinck trug, gut gelaunt ob der baldigen Hochzeit ihres Sohnes, die Neuigkeiten vom Markt mit ins Kontor, wo sie ganz und gar nicht hinpassten. Sie gehörten zu den Frauen und Mägden in die Küche, wo sie nach Belieben mit Salz bestreut, mit Pfeffer geschärft, mit Rosmarin gewürzt, mit Nelken besteckt und mit Speck gespickt, kurz, weiter aufbereitet wurden und im Dampf der Speisen auf dem Herd ihre rechte Würze erst erhielten.

Ein Schwall kalter Luft strömte herein, als Magdalena die Tür zum Kontor öffnete. Von der feuchten Luft draußen kringelten sich ihre sonst so streng gehaltenen Haare über der Stirn, die Augen blickten unter schweren Lidern, ihre Wangen darunter weich auseinander fallend, die spitze Nase rot dazwischen, als gehörte sie nicht dazu, aber sie passte hinein.

An einem blank polierten Tisch, der einen rechten Winkel zum Fenster bildete, saßen ihr Mann und ihr Sohn auf lederbezogenen Stühlen einander gegenüber. Spiegelbilder waren die beiden Männer, der alte schrieb mit der rechten Hand, der junge mit der linken, so profitierten beide gleichermaßen vom Tageslicht. Aufgeschlagene Rechenbücher und Tintenfässer vor sich, angespitzte Federn in den Fingern, schrieben sie Zahlen in akkurat gezogene Spalten. Der schöne plane Spiegel aus Venedig, den

Lambert Brinck einst für eine erkleckliche Summe Geldes gekauft hatte, zeigte in seinem vergoldeten Rahmen Vater und Sohn ein zweites Mal. Als Kind hatte Jakob sich vorgestellt, der Spiegel könne alles sehen und bewahre für immer in sich auf, was er in seinem schimmernden Glas im Kontor einfing, das Jakob damals nicht allein betreten durfte. Irgendwann, so dachte er, könne er ihm die Geschichten von früher erzählen, als die älteren Brüder noch mit dem Vater über den Büchern saßen.

An der holzvertäfelten Decke hing ein sechsarmiger Leuchter aus Messing, dessen von der Magd gezogene Lichte jetzt am Tage noch nicht brannten. Eingelassen in die Wände aus Paneel, gab es Schränke, die verschließbar waren, davor Bänke, unter deren Deckeln Platz für Papiere und Bücher mit und ohne Heftung war, darauf seidenbezogene Kissen, wie sie auch an der hohen Rückenlehne standen. Gegen eines davon drückte sich Magdalena, als sie sich setzte.

«Wenn es zwischen Christnacht und Neujahr große Flocken schneit, sterben im nächsten Jahr viel alte Leute, bei kleinen Flocken meist junge», sagte sie und seufzte. «Es soll ja in den letzten Tagen des alten Jahres wieder Schnee geben.»

«Wir haben zu arbeiten», sagte Lambert Brinck. Seine Worte waren scharf wie sein Gesicht. Falten durchfurchten es, steil auf der Stirn, von der Nase abwärts bis zu den Mundwinkeln, unter denen das Kinn eckig hervorragte.

Magdalena tat, als habe sie nichts gehört. Mannsfürchtig war sie nicht, gottesfürchtig schon und abergläubisch auch, grad wie es vorteilhaft erschien. Im letzten Jahr, fuhr sie ungerührt fort, zwischen der heiligen Nacht und dem Beginn des neuen Jahres, wäre es ebenso gewesen, es hätte große und kleine Flocken geschneit. Und wie viel Menschen wären an der Pest gestorben, junge und alte! Und beileibe nicht nur aus den niedrigen Ständen!

«Magdalena», wurde Lambert noch deutlicher, «dies ist nicht die richtige Zeit zum Reden! Nach der Mittagsmahlzeit will ich dir gern zuhören.»

Aber sie war einfach noch nicht am Ende angekommen.

«Schnee, den die Sonne einmal genommen hat, kommt immer wieder», sagte sie, «es könnte mithin einen langen Winter geben, und was das für Ungelegenheiten mit sich bringt, das male man sich einmal aus! Von Holzdieben einmal abgesehen, die es jetzt schon geben soll, könnten auch Ligisten oder die von der Union ans Tor klopfen!»

Anklagend wies Lambert auf das zur Gasse hin vorspringende Fenster.

«Uns geht das Licht weg, Magdalena!»

«Bald werden die Tage wieder länger», sagte sie beschwichtigend. «Der Winter hat in jedem Jahr ein Ende, so oder so. Und genauso wird auch der Krieg einmal ein Ende haben. So ist es nun einmal.»

Als weder ihr Mann noch ihr Sohn sie einer Antwort würdigten, stand sie missmutig auf, rückte das Kissen gerade und zog die Tür vom Kontor hinter sich zu.

Zwei Federn kratzten, tauchten ins Tintenfass, Zahlenkolonnen wurden abgelöscht, Seiten umgeblättert.

«Schnee, den die Sonne nimmt, kommt wieder», sagte Lambert Brinck nachdenklich, ohne aufzusehen. «In diesem Fall hat Mutter wohl Recht. Diese Erfahrung haben wir in allen Jahren gemacht.»

«Ich halte das für einen Trugschluss», erwiderte Jakob, «das ist nicht zu beweisen.»

«Du scheinst mir Beobachtungen mit Aberglauben zu verwechseln», sagte Lambert scharf.

Jakob zog es vor, nicht darauf einzugehen.

«Wetterregeln», sagte Lambert, «gibt es schon so lange, wie es Menschen gibt. Ohne dieses Wissen hätten unsere Vorfahren nicht pflügen, säen und ernten können, und die Menschen wären elend verhungert.»

«Nicht alles, was seit Jahrhunderten als wahr und unabänderlich gilt, wird immer währenden Bestand haben», sagte Jakob vorsichtig, eingedenk schlechter Erfahrungen bei Gesprächen mit dem Vater. «Die Erkenntnisse über die Welt, in der wir leben, schreiten schneller voran, als wir uns vorstellen können. Wir wissen heute schon so viel mehr als früher, und unsere Nachfahren werden noch mehr wissen als wir.»

«Das ist die Überheblichkeit deiner Jugend dem Bewährten gegenüber.»

«Ich denke eher», sagte Jakob, «dass alles Neue auf dem Alten aufbaut.»

«Einer wie du, der den ketzerischen Ideen eines polnischen Phantasten aus dem letzten Jahrhundert anhängt, so einer wird nie festen Grund unter seinen Füßen haben! Mir wäre es alle Mal lieber, du wolltest endlich von diesem Irrglauben Abstand nehmen. Dann wüsste ich wieder, wofür ich arbeite! Ich setze meine ganze Hoffnung in deine Zukünftige, die wird dir schon den Kopf zurechtrücken.»

Jakob hielt den Kopf gesenkt und antwortete nicht.

Lambert Brinck tauchte seine Feder in das Tintenfass. Er warf einen langen Blick auf seinen Sohn, bis auch der wieder seine Feder eintauchte und Zahlen untereinander schrieb. Zahlen, die der Sodmeister jeden Tag von der

Saline hereinbrachte. Zahlen, die Jakob vertraut waren, wie ihm auch das Geschäft mit dem Salz von Kindesbeinen an vermittelt worden war. Sie verwandelten sich vor seinen Augen und wurden zu Sternen in der Weite des Himmels. Seine Gedanken machten sich auf die Reise, den Nordwestwind im Rücken, immer an der Elbe entlang bis an die Moldau nach Prag.

Auf einmal blies der Nordwest von vorn, hielt Jakobs Gedanken an und verwirbelte sie auf der Stelle. Lambert Brinck legte die Feder beiseite und verschränkte die Arme vor der Brust. Jakob machte sich schon auf erneute Vorhaltungen gefasst. Aber die Worte aus dem Mund des Vaters klangen so freundlich, so unvermittelt, als hätte er das vorangegangene Gespräch vergessen.

«Ein Kaufmann aus Lübeck schreibt mir. Er hat Interesse an regelmäßigen Lieferungen von bestem Salz für den Handel nach Kristianssand in Norwegen und zur Salzmesse nach Schonen. Es geht um das nächste Jahr.»

Die kleine Pause, die folgte, verstand Jakob schon deshalb nicht für eine Antwort zu nutzen, weil er einfach nicht zugehört hatte.

«Heinrich Timmermann heißt er. Er wird demnächst nach Lüneburg kommen, und ich werde ihn in die Saline führen», fuhr der Vater fort. «Wenn das Geschäft zustande käme und wir die Lager leer hätten, könnten wir eine fünfte Pfanne dazunehmen.»

Woher eine kluge Antwort nehmen, die dem Vater gefallen würde? Jakob bemühte sich aufrichtig, aber er lag schief wie ein falsch beladener Salzprahm der Eichenschiffer in der Ilmenau, dem Wasser in die trockenen Salztonnen gelangt war. Er räusperte sich und sagte:

«Wir können natürlich froh sein, wenn sich uns ein weiterer Markt erschließt. Aber es haben doch alle nur vier Pfannen. Und es ist Krieg. Der Absatz wird schwieriger. Die Transportwege sind mit den Jahren immer unsicherer geworden.»

Der Blick des Vater vereiste.

«Ein Brinck lässt sich auch in Kriegszeiten nicht unterkriegen. Manchmal scheint es mir, du wärest nicht mein eigen Fleisch und Blut.»

Nicht mein eigen Fleisch und Blut. Dieses zu hören hätte Mutter gar nicht gefallen. Sein Vater hatte es noch niemals und würde es wahrscheinlich auch weiterhin nicht in ihrer Anwesenheit verlauten lassen, was er eben ausgesprochen hatte. Nicht mein eigen Fleisch und Blut. Sie hätte ihn empört auf die Ähnlichkeit von Vater und Sohn hingewiesen. Aber da auch die Mutter nicht seine Verbündete war, zog Jakob es vor, auf den Einwurf des Vaters nicht zu antworten. Er hatte es schon als Schüler gelernt, den Mund zu halten, zu viel Ohrfeigen wären sonst die Folgen gewesen. Und von Ohrfeigen wollte er seinen Kopf nicht erschüttern lassen. Er hatte Angst um die Wörter und Sätze, die er in ihm aufbewahrte wie in einem großen Haus, das aus vielen verschiedenen Räumen bestand, darin Truhen, Kisten und Laden, aus denen er seine Gedanken jederzeit herausholen konnte, wenn er ihrer bedurfte. Er musste nur einen der Räume aufschließen, hineinspazieren und die richtige Lade aufziehen, dann empfingen sie ihn, so, wie er sie zurückgelassen hatte. Manchmal aber, besonders morgens, gleich nach dem Aufwachen und bevor er an den Waschtisch trat, teilten sie ihm Lösungen auf Fragen mit, die er sich abends gestellt hatte, als hätten sie in der Nacht fleißig daran gearbeitet, während er schlief. Dann begann der Tag für ihn heiter, auch wenn die Sonne nicht schien.

«Sollen wir etwa die Pfannen stilllegen, weil draußen Krieg ist?», polterte Lambert Brinck, als hätte er seinen bösen letzten Satz nicht ausgesprochen. Die Antwort gab er sich selbst. «Nein, wir denken nicht daran! Das Kriegsvolk jedweder Konfession wird das hohe Fest respektieren. Ich sage, an den kommenden Tagen, wie auch zwischen den Jahren, wird weder ein kaiserliches noch ein reformiertes Regiment bei uns Aufstellung nehmen. Und wenn das Eis der Ilmenau schmilzt, können auch die Eichenschiffer wieder bis zur Stecknitz fahren. Die Stadt ist sicher und gut befestigt, und spätestens nächstes Jahr im Mai werden wir die nötigen Ausbesserungen an den Wällen vornehmen.»

Jakob nickte pflichtschuldigst. Der Krieg war ja auch bisher vor den Toren geblieben. Berichte über schreckliche Gräueltaten im Lande, von Rauben und Morden, welche von den Salzfahrern, die oft nur noch in einem Verbund von mehreren Wagen auf den unwegsamen Wegen reisen mochten, in die Stadt getragen und in den grellsten Farben ausgemalt wurden. Solche Berichte erreichten sicher die meisten Ohren. Aber was man nicht am eigenen Leibe spürt, das kriecht einem wohl unter die Haut, dringt aber nicht wirklich bis zum Herzen vor. Das beginnt erst zu flattern, wenn es heißt, Geld oder Leben! Und diese bittere Erfahrung hatten Lambert Brinck und seine Familie bisher nicht machen müssen. Es lebte sich noch einigermaßen unbehelligt in Lüneburg, während andere Städte im Deutschen Reich längst in Flammen aufgingen.

Ein Klopfen an der Tür setzte möglichen weiteren

Gesprächen ein vorzeitiges Ende. Jakob stand auf und öffnete. Im kalten Luftstrom wartete ein Bote, verbeugte sich und bat höflich darum, eine Nachricht an den Herrn Rat überbringen zu dürfen. Lambert Brinck schob seinen Stuhl unter den Kontortisch, verschloss die darin befindlichen Zugladen mit einem Schlüssel und verließ das Kontor. Gleich darauf steckte er den Kopf noch einmal zur Tür herein.

«Ich werde zu einer wichtigen Morgensitzung ins Rathaus gerufen», sagte er, ohne zu verraten, worum es ging, dann zog er die Tür hinter sich zu.

Jakob löschte sogleich die Zahlen ab und legte die Feder zur Seite. Er nahm einen Kloben Holz aus dem Korb und legte ihn auf den Rost im gemauerten Kamin. In den aufsprühenden Funken meinte er die Sterne zu erkennen, wie sie im dunklen Weltenraum aufglitzerten, und er überlegte, ob sie sich wohl auch drehten wie die Erde oder ob es lauter glühende Sonnen waren, nur viel kleiner als die am Himmel. Er verschränkte seine Arme hinter dem Rücken, spürte das warme Feuer des Kamins und konstruierte im Geiste das Fernrohr noch einmal, das Galilei nur nach dem Hörensagen gebaut hatte, die eigentlichen Erfinder waren die Holländer Jansen und Lippersheim gewesen.

Er stellte es sich vor als ein fein gedrechseltes hölzernes Rohr, ein Gebilde aus vielen kunstfertig geschliffenen Lesesteinen.

8.

Der Schäfer hatte sie sicher schon eine ganze Weile beobachtet. Sie lehnte im Windschatten am Tor des Schafstalls und ließ sich die Sonne auf den schwarzen Haarpelz scheinen. Ihre Augen hielt sie geschlossen. Wahrscheinlich hatte er sich mit seinem Hund hinter den Wacholdern versteckt gehalten, und Herr und Hund waren, von einem Busch zum anderen wechselnd, immer näher herangekommen, bis kein Baum sie mehr verbergen konnte. Erst in diesem Moment wurde Margrieta ihrer gewahr.

Das Fell des Hundes war tiefschwarz und gelockt, es sträubte sich im Nacken zu einer kräftigen Bürste, darauf lagen ein paar Strohhalme. Er knurrte sie mit geschlossenem Maul an, bis der Schäfer ihm «Kusch, Merlin!» zurief. Der Hund verwandelte sein Knurren in ein lang gezogenes Gähnen mit offenem Maul, drehte sich ein paar Mal um sich selbst, streckte sich aus und legte sich, den Kopf auf den breiten Pfoten, vor den Schäfer, der stehen geblieben war und Margrieta beobachtete. Die Krempe seines gewaltigen schwarzen Filzhutes war heruntergezogen bis auf die breiten Schultern, wo sie auf den Umhang aus Filz traf, seine Beine steckten in hohen Stiefeln, mit der rechten Hand stützte er sich auf seinen Hütestock. Die lange Mähne schien eins mit dem Bart zu sein, silbergrau, von braunen Haarfäden durchzogen, die kleinen Augen verschmitzt, rechts und links von vielen winzigen Fältchen umfasst, seine Nase schmal und mit großen Nüstern, die Haut grob gegerbt von der Sonne, überhaupt sah er einer Schnucke nicht unähnlich.

So standen sie sich eine Weile schweigend gegenüber, dazwischen der Hund. Sein dicker schwarzer Schwanz klopfte auf den Sand.

Wachsam ließ Margrieta ihre Augen vom Hund zum Schäfer und zurück wandern. Noch war sie sich nicht sicher, ob Mensch oder der Hund sich nicht gleich auf sie stürzen würden, der eine, um ihr Fleisch zu nehmen, der andere, um sie zu zerfleischen. Ähnliches hatte sie schon oft erlebt, dem Verhängnis war sie aber noch stets durch Sprünge und Hakenschlagen entkommen.

Statt nun auch davonzulaufen, ihr Erschrecken zu zeigen oder etwas zu ihrer Verteidigung zu sagen, lachte sie den Schäfer aus. Sie lachte über sein Schnuckengesicht.

Er lachte auch, bleckte lachend seine Zähne, sie waren groß und gelb. Es lachte auch die auf und ab zuckende Nase, ja, sein ganzer Körper unter dem Umhang bebte, während er auf Margrieta zuging. Der Hund stand auf, trottete ihm nach, drehte sich wieder ein paar Mal und legte sich, die Strohhalme rutschten vom Rücken herunter.

«Bist du Josef?», fragte sie, und er antwortete: «Christoff haben sie mich getauft, aber Vater und Mutter liegen schon unter dem Sand.»

Da war fürs Erste ihre Angst vorbei.

«Du tust mir nichts?», fragte sie verwundert.

«Warum sollte ich?», antwortete er.

«Ja, warum solltest du?», sagte sie.

«Ich hab dich schon ein paar Tage lang beobachtet», sagte er. «Ich habe dein Feuer gesehen, und wenn du fortgegangen warst, dein Lager in meinem Stall.»

«Ach, du warst das», sagte sie. «Und du hast mich gelassen?»

«Warum sollte ich nicht?»

«Aber ich bin eine Frau», sagte sie. «Ich bin auf meinem Weg selten einem Mann begegnet, der mich gelassen hätte, egal, ob in Sonne oder Regen oder auf dem Schnee in der Nacht, immer wollten sie sich auf mich legen.»

«Ich brauche keine Frau», sagte er, «ich bin mir selbst genug.»

Margrieta nahm die heruntergefallenen Strohhalme auf, verknotete sie miteinander und warf sie über ihren Rücken hinter sich.

«Sind dein Vater und deine Mutter schon lange tot?», fragte sie.

«Meine Mutter hab ich nur von innen kennen gelernt», sagte er. «Und als ich eben draußen war, da wurde sie schon kalt. Mein Vater, der auch Schäfer war, der hat mir gleich mit seinem Schermesser die Nabelschnur durchschnitten und mich dann unter den Bauch einer weißen Ziege gebunden, das Mäulchen an ihrer Zitze, da hab ich vorn geschluckt und hinten schwarz gekackt. Und noch bevor ich über den ersten Berg gekommen war, hat der Pfarrer mir die Nottaufe verpasst. Mit der einen Hand hielt er sich dabei die Nase zu, wegen des Bockgestanks, der an der Ziege haftete, und mit der anderen Hand hat er mich an der Stirn und an der Brust mit dem Zeichen des Kreuzes gesegnet und das Vaterunser gebetet. Danach dreimal mein Haupt mit Wasser begossen und dazu gesprochen, ich taufe dich im Namen des Vaters und des Sohnes und des Heiligen Geistes, Amen. Dann hat er das Weite gesucht, das weiß ich noch, als wäre es gestern erst geschehen. Du kannst Josef zu mir sagen, wenn du magst, denn man hat mich nicht gefragt, ob ich den Namen Christoff möchte, aber den Namen Josef nehm ich ohne christliche Taufe von dir, denn doppelt getauft hält Leib und Seele auch nicht besser zusammen als einmal gesegnet. Und was mein Vater ist, der ging erst vor sieben Jahren unter die Erde, das war im Winter, nicht lange nach dem Erscheinen des Kometen am Himmel. Da wollte ein fortgelaufener Soldat seinen Hut und Umhang, denn mein Vater war auch Schäfer wie ich, sagte ich das schon?, und nachdem er meinen Vater mit seinem Säbel in den Bauch und mausetot gestochen hatte, tat ich ihm das Gleiche mit meinem Schermesser an, das zog ich ihm über die Kehle, da waren wir quitt. Seitdem liegen beide unter dem Sand, und ich habe zwei Umhänge und zwei Hüte und einen hübschen scharfen Säbel dazu, der ist nicht nur zum Abstechen nützlich, und das andere ist zum Wechseln bei Regen angenehm und im Winter zum Tragen übereinander auch, wie du siehst.»

Der Schäfer nahm seinen Hut vom Kopf, und darunter war der zweite, er schlug seinen Umhang auf, darunter war ein zweiter. Er ging auf Margrieta zu und legte ihr seine Hand auf die Schulter. Sie zitterte vor Kälte, weil sie so lange still ausgeharrt hatte, als er ihr erzählte. Der Hund hob seinen Kopf, ging dazwischen und fletschte die Zähne. Margrieta wich zurück.

«Kusch, Merlin!», sagte der Schäfer.

Er nahm den zweiten Umhang und warf ihn über ihre Schultern und setzte ihr den großen Hut auf den Kopf. Er rutschte bis auf ihre Nase. Der Schäfer nahm ihn noch einmal ab, schob seine Faust hinein und drückte mit großer Kraft den Filz nach oben, bis er genau auf ihren Kopf passte.

«Und nun erzähl du», forderte er sie auf.

Margrieta schlug den Umhang fest um ihren Körper,

schob sich den Hut in den Nacken, ging einmal um den Schäfer und seinen Hund herum. Der schnupperte an dem Filz und klopfte mit dem Schwanz auf den Boden.

«Ich kenne meinen Vater nicht», sagte sie, «und meine Mutter auch nur von innen, wie du.»

Sie streichelte über das schwarze Fell des Hundes, und er legte sich wohlig auf den Rücken und ließ sich den Bauch kraulen.

«Merlin mag dich», sagte der Schäfer. «Wenn du mir behilflich sein willst, kannst du weiterhin im Stall bleiben.»

«Und wenn nicht?»

«Dann kannst du auch bleiben», sagte der Schäfer.

«Ich werde in die Stadt gehen», sagte Margrieta. «Dort gibt es Mauern und verschlossene Tore in der Nacht.»

«Die Stadt will keine wie dich.»

«Ich gehe trotzdem.»

«Du wirst schon zurückkommen», sagte der Schäfer.

«Woher willst du das wissen?», fragte Margrieta.

«Ich weiß es eben», sagte der Schäfer. «Aber ich könnte dir trotzdem helfen. Dein Knöchel ist krank. Zieh den Stiefel aus.»

«Woher weißt du das?», fragte Margrieta, während sie den Stiefel auszog.

«Ich hab es an deinen Spuren im Schnee gesehen.»

Der Schäfer durchsuchte die Taschen in seinem Umhang und holte nach einigem Kramen ein dunkles grünes Päckchen heraus. Er steckte etwas davon in den Mund, kaute es durch, legte es dann auf Margrietas geschwollenen Fußknöchel und wickelte ein Strohband fest darum.

«Beinwell hilft nach drei Tagen», sagte er, «damit du schnell fortlaufen kannst.»

«Wo versteckst du dich denn, wenn du fortlaufen musst?», fragte Margrieta.

«Das zeige ich dir, wenn Gefahr droht.» Er drehte den Kopf zur Seite. «Hörst du? Sie sammeln sich schon wieder.»

Margrieta hielt ihre Ohren in den Wind. Sie riss ihre Augen weit auf und hinkte davon.

«Du wirst schon zurückkommen», rief der Schäfer ihr nach. «Bei mir bist du sicher. Und bring Salz mit! Der Mond nimmt ab, ich will schlachten!»

9.

Im Abtritt, dessen Tür Jakob sorgfältig verschloss, schlug er sein Wasser ab. Er ging zurück über den kleinen Hof hinter dem Haus, neben dem Stellplatz der Kutsche und den Ställen für die beiden Pferde und der einen Kuh für die tägliche Milch und den Käse.

Magdalena hatte den Hof mit kleinblätterigen Buchsbaumhecken anlegen lassen, die ein mit roten Backsteinen gepflastertes Wegekreuz bildeten. In der Mitte stand eine eiserne Vase, die im Sommer einem schön gewachsenen Lorbeerstrauch Quartier bot. Jetzt, im Winter, hatte er seinen Platz an einem hellen Fenster zum Hof hinaus, zusammen mit dem duftenden Rosmarinstrauch, der meist im Januar winzige hellblaue Blüten ansetzte. Die kastenförmig geschnittene Hecke verlieh dem Hof eine gewisse Strenge, zumal sich die Kräuter auf den Beeten in die Winterruhe unter die Erde verzogen hatten.

Jakob lauschte kurz an der Tür zur Küche, hinter der die Mutter mit den Mägden hantierte und ein angenehmer Duft von frischem Brot vorströmte. Er nahm seinen Umhang vom Haken, warf ihn sich über den Rücken, verließ das Haus und trat auf die Gasse.

Die Stadt wimmelte vor Menschen, unruhig wie hüpfende Flöhe auf einem Hund. Durch die Gassen zogen, seit im Reich der Krieg wütete, immer öfter fremde Gesichter, darin eingeprägt die Last der vergangenen und die Angst vor der zukünftigen Zeit. Kinder mit schmalen Lippen und hungrigen Augen hielten ihre Hände auf in Erwartung von Gaben. Alte und Gebrechliche, Himmel oder Hölle schon in den Augen, schlurften an Stöcken und spuckten auf das Kopfsteinpflaster und meinten das Leben, oft sprachen sie mit oberdeutschen, wendischen, also welschen Zungen. Daran hatten sich die Lüneburger gewöhnt, auch gaben sie gern den Armen, was von den Tafeln blieb, das war ihnen ein Herzensbedürfnis, eine Gottespflicht.

Aber heute war es anders.

Die Menschen zogen voll beladene Karren durch die Gassen, trieben Schweine und Ziegen mit sich, Federvieh lag steif mit zusammengebundenen Beinen auf Kruken und Töpfen. Kleine und große Kinder liefen hinter den Karren her, die meist vorn ein Mann gebückt an einem Strick schleppte und hinten eine Frau schob, in der Schräge ihres Körpers eben das Gleichgewicht haltend. Klosterjungfrauen mit roten Flecken auf den Wangen zwängten sich dazwischen, ihre Röcke zusammenraffend, ängstliche Blicke um sich werfend. Weitere Flüchtlinge, die von außen zum Tor drängten, wurden einzeln hereingelassen und rannten, waren sie erst hindurch, so schnell sie konnten, auf ihren Holzschuhen davon, die auf dem Kopfsteinpflaster klapperten.

Eine Kutsche mit zwei Pferden in vollem Trab bahnte sich ihren Weg durch die Menschen, die ängstlich beiseite sprangen, Schneematsch spritzte auf. Jakob erkannte seinen Vater und einen anderen Ratsherrn, auf den Rücksitzen standen zwei Fässer.

Wo die hohen Herren hinwollten, berichtete auf Jakobs Frage gleich darauf eilfertig der Torwächter, und er gab damit gleichzeitig die Erklärung für die vielen Menschen auf den Gassen. Graf Ernst von Mansfeld, der für die Protestanten ins Feld zog, stehe mit seinem Regiment vor dem

Tor, verkündete der Wächter mit flinken Augen und flinkem Mund. Der Einlass sei ihm verwehrt worden, denn Soldaten, gleich welcher Couleur, dulde der Rat nicht in der Stadt, auch nicht als Durchzügler auf dem Weg zu den feindlichen Ligisten. So habe der Rat zwei Mitglieder ausgewählt, den Grafen zu beschwichtigen mit geschickt ausgesuchten flüssigen Waren vom Feinsten.

Der Torwächter zwinkerte mit einem seiner flinken Augen und schickte ein wissendes Lachen hinterdrein. «Wein und Bier sollen ihn von seinen Plänen auf angenehmste Weise ablenken.»

«Aber wir haben den dreiundzwanzigsten Dezember», sagte Jakob verwundert zu ihm. «Welcher Christ mag heute noch in die Schlacht ziehen? Und ein Reformierter wie der Graf von Mansfeld wird seinem Heer doch einen Gottesdienst auf dem Felde abhalten lassen.»

Ein lautes Lachen hinter ihm, eine tiefe raue Stimme dazu.

«Was wisst Ihr Bürger hinter Euren dicken Mauern schon von der Schlacht da draußen vor den Toren? Der Krieg schert sich nicht um die Jungfrau Maria und ihr Kind in der Krippe! Der Krieg schert sich auch nicht um andere Christenmenschen! Der Krieg schert sich um rein gar nichts!»

Es lag etwas Fremdes in der Stimme, das Jakob aufhorchen ließ, und es waren die Worte, die ihn dazu brachten, sich nach der Frau umzudrehen, die aussprach, was sonst keiner auszusprechen wagte.

Unter einem speckigen Schäferhut nachtschwarze Haare und ein dunkles, leuchtendes Gesicht. Darin eine fein gebogene Nase zwischen feuerrot gefrorenen Wangen, darunter von der Kälte aufgesprungene, sanft geschwungene Lippen, voller Empörung geöffnet. Ihre Augen, zwei funkelnde Sterne, grün und getüpfelt wie die Farnwedel im Buchenwald.

«Reformiert! Katholisch! Der Krieg ist ein Krieg, nichts weiter als ein Krieg, und der Krieg ernährt den Krieg!»

Und hätte Jakob in diesem Moment gewusst, dass gerade sie sein Schicksal werden würde, Margrieta aus Breda, von Hunger und Kälte in die Stadt getrieben, vielleicht wäre er einfach weitergegangen.

Aber sie hatte bemerkt, dass er sie anstarrte. Ihre Augen schossen grelle Blitze in seine Augen.

«Wollt Ihr wissen, wer den Krieg macht? Ich sag es Euch, wenn Ihr es wissen wollt! Feine Herren machen den Krieg, hoch zu Roß, aber auf dem Fuße den Tross. Und was hält der für die Herren vor? Himmelbett, Huren und Kochtöpfe hält der vor! Und wenn nach Hieb und Stich mit Pallasch und Schwert das Blut aus den Feinden auf die Erde spritzt, dann nicken die Herren zufrieden und galoppieren geschwind davon! Und den Söldnern stehen gleich die Schwänze steif, das sind ihre Vorderlader, und wenn sie nicht die Lunte zünden, dann üben sie Hauen und Stechen mit der Rute!»

Sonne und Mond hielten inne in ihrem Lauf und standen still über dem Tor.

Dem Wächter lief die Galle über, er brüllte, die Bettlerin solle verschwinden, und packte sie am Arm. Sie stieß ihn beiseite und fauchte ihn an. «Der Krieg hat Götter und Teufel zuhauf, aber nicht einen barmherzigen Menschen!»

«Hexe», zischte der Wächter und schubste sie nach vorn.

«Los, du Satansbraten! Immer den anderen Flüchtigen

nach. In der Stadt gibt es Quartier, sogar für so eine wie dich, und einen Zehrpfennig obendrein! Wir Lüneburger lassen uns nicht lumpen!»

Weil andere Flüchtlinge folgten, denen er Bescheid geben musste über die Ordnung in der Stadt, spuckte der Wächter nach seinen Worten aus und vergaß sie sogleich.

Sie zog den linken Fuß hinter sich her. Ihre langen Haare lagen als dichter schwarzer Pelz auf dem Umhang, der fast ganz den Rock bedeckte, aus dem ein Fetzen herausgerissen war. Wie ein Katzenschwanz hing er herunter und schleifte im Dreck.

Welche Kraft setzte gleich darauf Jakobs Beine in Bewegung, dass er ihr nachlief und alles an schicklichem Benehmen vergaß, was ihm in einundzwanzig Jahren von Vater und Mutter eingetrichtert worden war?

Wie er über die Deichsel eines Eselswagens stolperte und in den dreckigen Schnee fiel. Wie er den brüchigen Karren eines armen Mannes beiseite schob und der Alte ihm Flüche der allerschlimmsten Sorte nachschickte, als der Karren auseinander brach und die darauf gepackten Säcke und Kruken auf die Straße polterten. Wie er eine zahnlose Frau umwarf, die auf allen vieren weiterkroch. Wie er eine schreiende Katze und einen räudigen Hund trat, einen mageren braunen Tossen an der Mähne beiseite drückte und sich durch eine Gasse aufgeregt zusammenrückender Konventualinnen zwängte. Bis er endlich stehen blieb, beschmutzt, verschwitzt und hastig atmend, und sich nach allen Seiten umsah. Die Frau war fort. Verschluckt von den Körpern der anderen Flüchtigen auf der Suche nach einem Quartier für die kalte Nacht.

Konnte er eine Ahnung haben, dass sie von nun an sein Leben begleiten würde? Dass sie ihm zuhören, wie er ihr zuhören würde? Hätte er es in den Sternen lesen können, wie es die Astrologen behaupteten, diese Adepten der unvernünftigen älteren Schwester der Astronomie? Der sogar Johann Kepler nicht ganz abgeschworen hatte. Gab es ein Zeichen? Irgendetwas, das darauf hindeutete, dass sie sein Schicksal werden sollte? Dass von nun an alles bestimmt sein würde in seinem Leben? Die Schlacht auf der Heide. Der Vater auf dem Pferd. Die Elbe und die Moldau. Prag. Padua. Rom. Siena. Florenz. Galileo Galilei, Maria Giuseppa. Und die Salzgärten von Venedig.

Nichts von alledem gab es. Kein Komet war durch das Himmelsgewölbe geirrt, kein Feuer vom Himmel gefallen, kein Stern erloschen. Nur Augen, funkelnd wie Fixsterne, hatte der Träumer gesehen, die einer zerlumpten Hure mit einer rauen Stimme gehörten, der er nachgelaufen war wie ein toll gewordener Hund einer heißen Hündin. Jakob schämte sich dafür.

Er fror und machte sich auf den Weg nach Hause. Körper und Seele kämpften miteinander, trugen aus, was ihm zu Ohren gekommen und vor die Augen getreten war. Immer wieder sah er sie vor sich und hörte ihre raue Stimme. Jedes Wort stieß sie noch einmal aus, scharf standen sie vor ihm auf den Gassen und versperrten ihm den Weg.

Die schöne Fremde hatte ihn, nur mit ihren wütenden Augen und Worten, den Krieg schmerzhaft spüren lassen. So nah war er ihm noch nie zuvor gekommen.

10.

«Graf Ernst sieht aus wie ein Hase», kicherte Lambert Brinck, als er von seiner Mission zurückkehrte. War er am Nachmittag noch aufrecht in die Kutsche gestiegen, so stand er nun spät in der Nacht ganz windschief in der Stube. Mit schwerer Zunge, die seine Sätze immer wieder stolpern ließ, berichtete er, was Jakob schon wusste und sein Vater nun mehrmals wiederholte.

Der Graf stand mit seinem Regiment draußen vor den Toren, aber der Rat hatte schon zu Kriegsbeginn beschlossen, keinerlei Heere in die Stadt zu lassen. Und daran hielt er sich. Obwohl Mansfeld nicht der kaiserlichen Liga diente, der der Rat abgeschworen hatte, sondern der Union, hatte man ihm Speisung, Quartier und Durchzug verweigert. Aber zwei Ratsherren wurden ihm zur Beschwichtigung ins Lager geschickt, mit Fässern voll Bier und Wein, wovon sie mit ihm zechten. Einer von ihnen sei er gewesen, Ratsherr Lambert Brinck, seine erste Bürgerpflicht erfüllend, Schaden von der Stadt abzuwenden.

«Ich weiß, ich weiß», sagte Jakob.

«Und sein Heer, das hat er mit englischem Geld angeworben, so einer ist das! Und nun will er ab zu Wallenstein, diesem reformiert geborenen Böhmen, der zum Kaiser übergelaufen ist! Und den mit seinen vierhunderttausend Mann will er an der Elbe schlagen!», dröhnte Lambert Brinck und fuchtelte mit den Händen.

«Was mit Trommeln beginnt, geht mit Pfeifen dahin», zischte Magdalena scharf, der Ausführungen ihres Mannes überdrüssig und ihrer Hellsichtigkeit wohl nicht bewusst.

«So ein kleines Männlein, dieser Graf Mansfeld!», juchzte Lambert Brinck, «ist ja auch bloß ein Kegel vom Statthalter Luxemburgs, ha-ha!»

Die Mutter zog ihren Mann am Ärmel, um ihn zum Schweigen zu bringen, aber er ließ sich nicht beirren.

«Kein sel'ger Tod ist in der Welt, als wer vom Feind erschlagen …!», sang Lambert Brinck.

Das Schauspiel des krakeelenden Vaters ließ Abscheu in Jakob aufsteigen. Sein Gesicht zog sich zusammen, seine Augen wurden starr. Magdalena las in den Zügen ihres Sohnes. Sie tat das einzig Richtige, nahm ihren widerstrebenden Mann am Arm und zerrte ihn ins Ehegemach. Nichts sollte ihren Plan zunichte machen, im nächsten Jahr Hochzeit zu feiern, um dem störrischen Sohn seinen rechten Platz im Haus zu geben, damit alles seine Ordnung und sie endlich Enkelkinder auch von ihrem Jüngsten bekäme.

In der Nacht brannte im Nordosten eine Landwehr außerhalb der Mauern. Der Feuerschein verstörte die Menschen. Sie wussten den Krieg vor der Stadt, standen auf den Wällen und bedauerten aufs aufrichtigste die, deren Hab und Gut verbrannte, gingen nach Hause und legten sich zum von Albträumen durchzogenen Schlaf in ihre krukenerwärmten Federbetten.

Jakob lag lange wach. Was von seiner frühesten Jugend an auf dem Stroh geschehen war, hatte nichts anderem als der Erleichterung gedient, worüber er noch niemals mit einem Menschen gesprochen hatte. Nun geschah es zum ersten Mal, dass er seine Hände nahm und an die funkelnden Augen einer Frau dachte, an eine Hure im Himmelbett und Söldner mit Vorderladern.

Am nächsten Morgen wähnte Lambert Brinck sich sterbenskrank und blieb im Bett. Vor Jakob, der ihm seine Aufwartung machte, jammerte er über seine Bürgerpflicht und die nasskalte Witterung anlässlich der abendlichen Dienstfahrt zum Grafen von Mansfeld, wo er nichts anderes getan hätte, als, wie er es noch einmal nachdrücklich betonte, der Pflicht zu gehorchen, die ihm als Ratsherr oblag.

Kurze Zeit später stand ein Bote vor der Tür, um ihn zu einer neuerlichen außerordentlichen Sitzung in das Rathaus zu rufen, die Lage der Stadt durch die Belagerung von Mansfeld zu bereden, dessen Heer immer noch vor den Toren lag. Magdalena hieß den Boten ausrichten, ihr Mann sei leider unpässlich. Ihre äußere Ordnung musste aufrechterhalten werden, und sei es auch mit einer kleinen Unwahrheit, die keine richtige Lüge war. Der Ratsherr schlief auch schon wieder.

Alle im Haus hatten es gehört, auch die Mägde. Ihr Herr hatte sich die halbe Nacht den Magen aus dem Leib gewürgt und in der anderen Hälfte auf dem zugigen Abort gesessen, beides in schöner Abwechslung. Die Pferde im Stall hatten ob dieser nächtlichen Störung gewiehert und wie die Kuh auch mit den Ketten geklirrt. Magdalena war ihrem Mann jedes Mal mit einer wollenen Decke nachgelaufen, ein «Herrgott, steh ihm bei in diesen schweren Stunden» und weitere Gebete ausstoßend bis hin zu «Ach, Herr, was säuft er auch wie ein Ochse?». Als er endlich den Schlaf des Gerechten auf der Strohmatratze fand, mochte sie sich nicht neben ihn legen. Für den Rest der Nacht zog sie die harte Bank im Kontor vor.

11.

Jakob ging zum Haus seines alten Lehrers. Er wollte seine Fragen loswerden und sich ihm anvertrauen, über das sprechen, was ihm widerfahren war, auch über den Krieg. Und diesmal hatte er Glück.

«Ihr solltet doch erst zwischen den Jahren kommen», herrschte ihn die Schwester des Schulmeisters durch den Türspalt an.

«Bitte lasst mich zu ihm.»

«Mein Bruder schläft», sagte sie, und der Spalt wurde noch schmaler.

«Sollte das etwa Jakob Brinck vor der Tür sein?», rief da eine knarzende alte Stimme.

Die Schwester verdrehte die Augen und ließ Jakob herein.

Das schmale Haus, in dem die beiden Alten lebten, war voll gepackt mit Büchern und Schriften. Die Schwester des Lehrers hub sogleich über die Staubfänger zu klagen an, die man besser dem Ofen übergeben sollte, zumal der Bruder mit seinen schlechten Augen kaum noch lesen könne und die unaufgeschnittenen Bücher sich schon stapelten.

«Lass ihn zu mir», rief der Lehrer.

Der Greis saß in seinem Lehnstuhl am Fenster der winzigen, warmen Stube. Vor sich auf einem Tischchen ausgebreitet eng beschriebene Seiten, darauf Lesesteine, mit denen er über die Zeilen fuhr, als Jakob sich vor ihm verbeugte.

«Seid gegrüßt, Lehrer Reinecke», sagte Jakob.

«Es freut mich, dich zu sehen, Jakob Brinck», krächzte der Alte. «Warum hast du mich so lange nicht aufgesucht? Ich wollte schon nach dir schicken lassen. Setz dich zu mir.»

Er scheuchte seine Schwester mit einer Hand fort und kicherte. «Sie hält mich wie ein Säugling», sagte er, nachdem sie etwas zu heftig die Tür zugeschlagen hatte.

«Wie geht es Euch?», fragte Jakob.

Auch diese Frage wurde vertrieben, diesmal war es die andere Hand. Der Lehrer dachte nicht daran, vor Jakob über das vergangene Jahr zu klagen, in dem ihm Frau und Tochter, Schwiegersohn und fünf Enkel gestorben waren, und dass er nun ohne Kinder und Kindeskinder um sich dem Tod entgegensah.

«Wie geht es Euch, wie geht es Euch», äffte der Alte ihn nach. «Im Alter geht nichts mehr von allein.»

Gleich darauf schüttelte er beide Hände aus. Knotig waren sie, voller brauner Flecken. Er wies auf die beschriebenen Blätter.

«Ich lese jeden Tag ein wenig weiter, solange es meine Augen mir noch gestatten», sagte er.

«Ich könnte Euch die Briefe vorlesen», schlug Jakob vor.

«Diesen einzigartigen Genuss des Buchstabierens willst du mir nehmen?», empörte sich der Alte.

«Vielleicht wäre eine Brille hilfreich», schlug Jakob vor.

«Sie macht mir das Lesen zu schnell», sagte der Alte. «Das Leben ist aber mit der Zeit immer langsamer geworden. Warum sollte ich es beschleunigen, es bringt mich nur dem Fegefeuer näher. So vermag ich es aufzuhalten, Buchstabe für Buchstabe, Wort für Wort und Zeile für Zeile. Die Ungeduld steht mir nicht mehr gut.»

«Ich bin ungeduldig», sagte Jakob.

Der Alte betrachtete ihn aus kleinen Augen, die er noch weiter zusammenkniff.

«Du hast das Recht dazu. Ich sehe Aufbruch in deinem Gesicht. Wer hindert dich daran, dich auf die Reise zu Johannes Kepler nach Prag zu begeben?»

Jakob hob ratlos die Schultern. «Mein Vater erwartet, dass ich Lene Andresen heirate und dann seine Nachfolge antrete.»

Es war ja die Wahrheit, aber auch eine Entschuldigung, an die er selbst nicht glaubte. Und der Alte schon gar nicht.

«Hast du denn versucht, mit ihm zu reden?», fragte er.

Jakob antwortete nicht.

Der Alte funkelte ihn an.

«Auch mit Warten kann einer sein Leben dahinbringen. Warten auf den Frühling, den Sommer, den Herbst und den Winter. Ich bin der Winter. Ich warte nicht mehr. Ich nehme, was mir geboten wird. Und warte du nicht auf die Zustimmung deines Vaters. Sonst wirst du selbst auch Winter darüber. Wenn das Blut erst kalt geworden ist, geht einer nicht mehr mit den Füßen auf die Reise, nur noch mit dem Kopf. Solange das Blut heiß ist, musst du tun, was es dir sagt.»

Jakob spürte Röte in seinem Gesicht aufsteigen und stand auf. Er stellte sich ans Fenster, die Kälte der Scheiben kühlte sein Gesicht. Eisblumen in diesen Tagen verkünden ein fruchtbares Jahr, hatte Magdalena gesagt.

«Ich bin einer Frau begegnet», sagte er nach langem Schweigen. «Aber es ist nicht die, die ich heiraten soll.»

«Diese Hitze meine ich nicht», sagte der Alte verächtlich. «Vor der solltest du dich hüten. Wenn du ihr verfällst, verbrennt sie einem wie dir die Kraft des Geistes. Und nun setz dich mal wieder, es ist mir sonst zu anstrengend, mit dir zu reden!»

«Sie hindert mich nicht daran, auf die Reise zu gehen», sagte Jakob und drehte sich vom Fenster weg. «Es ist die geplante Ehe, und es ist der Krieg.»

«Der Krieg, der Krieg», krächzte der Alte, «der Krieg und Deutschland in der Mitte als Schlachtfeld! Der ist dir doch nur Vorwand, um keine Entscheidungen zu treffen. Dabei ist nur die Ordnung des Himmels aus den Fugen geraten, nichts weiter als das. Der eine will die Erde in der Mitte, der andere die Sonne. Der eine will den Ablass, der andere verteufelt ihn. Ich sage dir, niemals wird der Tag kommen, an dem die Menschen begreifen werden, dass es sich nicht lohnt, darüber Blut zu vergießen, wer den richtigen Glauben hat. Sie werden streiten bis ans Ende ihrer Tage und weiter, bis die Welt in Flammen aufgeht und sie in der Hölle schmoren. Und deswegen kannst du auf das Ende dieses heiligen Krieges lange warten. Der Krieg gehört nun mal zur Menschennatur.»

«Aber er hatte einen Anfang, also wird er auch ein Ende haben. Man muss auf den Anfang sehen, und der ist mir nicht deutlich.»

Der Lehrer schüttelte unwillig den Kopf. «Mein bester Schüler fragt mich, wie er begonnen hat?»

«Ich war wohl noch zu jung», sagte Jakob, «ich habe es vergessen.»

«Niemand ist zu jung, um etwas zu wissen. Deine Entschuldigung gilt nicht.»

«Helft mir auf die Sprünge», bat Jakob.

Der Alte fiel in sich zusammen und schloss die Augen.

«Lächerlich war sie, die Defenestration der kaiserlichen

Räte Slawata und Martinitz und ihres Sekretärs Fabritius am dreiundzwanzigsten Mai vor sieben Jahren, lächerlich. Auf Misthaufen sollen sie gefallen sein, lächerlich! Hundert Delegierte der protestantischen Stände Böhmens und mit ihnen viel Volk zogen auf den Hradschin und warfen sie aus dem Fenster, fest entschlossen, diese Jesuiten von der Gegenreformation aus dem Land zu treiben. Aber das, mein Sohn, das war nur der Funke, an dem sich das Feuer entzündete, an anderen Orten glomm es längst.»

«Ich hab auf dem Kalkberg gestanden und einen Kometen gesehen, als der Krieg begann», sagte Jakob. «Glaubt Ihr an einen Zusammenhang?»

Der Alte öffnete seine Augen unter den schweren und faltigen Lidern wieder. «Niemals kann ein Komet an sich einen Krieg anfachen. Wenn ein Komet auf die Erde fällt, hat er kein Feuer mehr. Aber er kann Verheerungen anrichten durch den Glauben der Menschen an das Unheil, das an ihm klebt.»

«Vielleicht hat sein Erscheinen doch den Krieg über die Menschen gebracht», sagte Jakob. «Sie leiden, sie sind entwurzelt und heimatlos, voller Hass, und sie haben Angst.»

Der Alte beugte sich vor, sein Zeigefinger stach auf Jakobs Brust ein.

«Und sollten sie sich etwa nicht fürchten? Keine Angst haben vor den sieben Handfertigkeiten, auf die sich die Söldner verstehen? Vergewaltigen. Wüsten. Töten. Foltern. Rauben. Brandschatzen. Schießen. Sie vagabundieren durch die Länder, auf der Suche nach einer Fahne, hinter der sie sich scharen können, und oftmals unterscheiden sich Freund und Feind nur durch diese, im Herzen sind sie alle gleich. Sie ziehen einen Tross aus Händlern, Frauen und Kindern hinter sich her. Mal verdingen sie sich bei den Kaiserlichen, mal bei den Reformierten, nicht anders als einige große Herren, die gern die Fronten wechseln, wenn es ihnen opportun erscheint. Dieser Albrecht von Wallenstein ist so einer. Bei den Türken und Ungarn hat er sein schmutziges Handwerk gelernt. Aber es gibt zum Glück auch noch Orte, in denen der Krieg gar nicht erst ankommt, wie bei uns in Lüneburg.»

«Der Krieg ist doch schon längst hier», warf Jakob ein. «Viele heimatlose Menschen sind in der Stadt unterwegs.»

«Ist das so?», fragte der Alte.

«Die ganze Stadt ist voller Flüchtlinge», sagte Jakob. «Ich habe nicht nur Angst, auch Wut in ihren Augen gesehen, weil sie nicht mehr wissen, wo ihre Heimat ist.»

«Ich sehe es nach deinen Worten jetzt auch», sagte der Alte, «aber es ist so weit weg von mir.»

Die Augen fielen ihm zu, sein Kinn rutschte bis auf den Kragen. Mit den herabrutschenden Händen verschob er die Lesesteine auf den Briefen seiner Söhne, sie fielen auf den Fußboden und vergrößerten das Holz der Maserung zu großen Adern. Jakob bückte sich und hob sie auf. Ganz vorsichtig legte er sie auf den Tisch. Dem schlafenden Alten hing ein Speicheltropfen aus dem Mund. Jakob nahm ein Tuch und putzte ihn ab.

Die tief eingesunkenen Augen öffneten sich noch einmal einen Spalt breit. «Auf polierten Tischen schieben Kaiser, Könige, Fürsten und Herzöge die Grenzen ihrer Macht hin und her, bevor sie die Tafel aufheben. Lächerlich, dieses Spiel! Mir können sie nichts mehr vormachen.»

Die Schwester stand stumm in der Tür, einen dampfenden Breiteller in der Hand. Jakob verließ die warme Stube. Er hätte gern noch eine Weile bei dem Alten gesessen.

Aus den Aufzeichnungen des Jakob Brinck

Komet (Haar-, Irr-, Schweif- oder Schwanzstern)

Er ist ein Himmelskörper von einer den Planeten ähnlichen Masse, der sich so schnell bewegt, dass man vermeint, hinter ihm stehende Fixsterne sehen zu können. Wie die Kometen in unsere Sphäre gelangen, ist nicht bekannt, auch nicht, ob alle wirklich wiederkehren. Der Komet bewegt sich wahrscheinlich in einer lang gestreckten Ellipse, sodass er in seiner Sonnennähe der Sonne und mithin auch der Erde sehr nahe, in seiner Sonnenferne verhältnismäßig sehr fern ist und der Beobachtung daher schließlich entschwindet. Ein zufällig mit der Erde auf seiner Bahn zusammentreffender Komet könnte große Verheerungen auf derselben anrichten und allem Leben verderblich werden. Die meisten Kometen entziehen sich der Beobachtung mit dem bloßen Auge, von daher ist es wahrscheinlich, dass mit Verbesserung der Fernrohre immer mehr Kometen aufgefunden werden können. Der Komet als Verkünder außergewöhnlicher, meist schlimmer Ereignisse gehört in das Gebiet des Aberglaubens.

12.

Fünf Kirchen läuteten die Christnacht ein. Mit schweren Klöppeln, die an Bronze schlugen, forderten die Glocken die Mitglieder aller fünf Stände zum Gottesdienst auf. Es kamen die wohlhabenden Patrizier, die Brauer, Kaufleute, Ärzte und Apotheker; die selbständigen Handwerker; die Fuhrleute, Gesellen, Dienstboten und Tagelöhner; die Habenichtse, allein stehende Frauen, Arme, Kranke und Flüchtlinge und schließlich die Angehörigen der unehrlichen Gewerbe, als da waren Henker, Huren, Abdecker und Totengräber. Auf dass jeder Einkehr halte und sich besinne auf die Geburt des Herrn im Stall zu Bethlehem in der Wüste, angekündigt vom Stern der Weisen, der Sirius heißt.

«Es begab sich aber zu der Zeit, dass ein Gebot vom Kaiser Augustus ausging, dass alle Welt geschätzet würde. Und diese Schätzung war die allererste und geschah zu der Zeit, da Cyrenius Landpfleger in Syrien war», hallte das Evangelium des Lukas aus allen Kirchen der Stadt und verkündigte die Geschichte von Christi Geburt, vierzehn Verse lang. Es berichtete vom Zimmermann Josef aus der Stadt Nazareth in Galiläa, der zur Stadt Davids nach Bethlehem im jüdischen Land gehen musste, weil er dem königlichen Geschlecht Davids entstammte, wie auch seine Frau Maria, die er niemals berührt hatte und die dennoch schwanger geworden war durch eine unbefleckte Empfängnis.

In der menschengefüllten St. Nikolaikirche lehnte einer am anderen, an ein Herumlaufen wie sonst war nicht zu denken. Magdalena und Lambert Brinck verfolgten, wie alle anderen, aufrecht stehend die Predigt, wobei Magdalena ihren Mann am Arm festhielt, denn er war wegen der eben überstandenen Krankheit noch schwach auf den Beinen. Jeder aus der Gemeinde konnte es sehen.

Jakob allerdings sah und hörte nichts von alledem. Die Fremde, die ihm am Tor begegnet war, stand neben ihm, an eine der Säulen gelehnt. Sie gehörte nicht in die Stadt, doch in der Nacht der Geburt des Heilands verwies niemand sie in die Herberge der Flüchtlinge zu jenen Armen, die nicht aufgebrochen waren zu den Stätten ihrer Geburt, auf dass sie sich schätzen ließen, die unterwegs waren, weil der Krieg sie fortgetrieben hatte.

Ihre Anwesenheit erschien Jakob wie ein Wunder. Und weil bei Gott grundsätzlich alle Dinge möglich sind, dankte er ihm und bat ihn um Verzeihung, dass er ihm so oft nicht zuhörte und ihm sogar die Schöpfung streitig machte. Wenn er den Blick zu der Frau wenden wollte, sah er stattdessen zum Sterngewölbe hinauf, weil es sich nicht gehörte, eine wie sie direkt anzusehen. Er nahm ihren Geruch wahr, der ihn an Erde erinnerte, an den Sand in der Heide vor der Stadt, und ihm wurde heiß wie in den Hundstagen des Sommers. Kopernikus, Kepler und Galilei waren weit, und an die Plejaden verschwendete er in dieser heiligen Nacht keine Gedanken.

Als der Pastor den Engel ausrufen ließ: «Siehe, ich verkündige euch eine große Freude», verstand Jakob, Jesus Christus sei auf die Welt gekommen, die Menschen selig zu machen, selbst die mit den sündigen Gedanken, deren auch er, Jakob, sich nicht erwehren konnte. Die ihn sogar angesichts der Krippe heimsuchten, in der das Jesuskind lag, in Leinen gewickelt, an der Maria saß, die ihn wiegte, und neben der Josef mit den Hirten stand.

«Da die Engel und himmlischen Heerscharen sich über die Geburt Jesu freuen, singen und klingen die Lüfte», sprach der Pastor, und er ließ es auch in der Christnacht nicht aus, seine Schäfchen zu belehren, «so ist es wohl eine Schande, dass viele Christen das heilige Fest hinbringen ohne innerliche Bewegung des Herzens, ohne herzliches Lob Gottes, in lauter Wohlleben, Kleiderpracht, Eitelkeiten. Der sterbliche Leib wird gemästet und gezieret, und die unsterbliche Seele verschmachtet, ist nackend und bloß! Wir wollen also gedenken der Soldaten im Felde, der Heimatlosen auf den Gassen und der in der Schlacht Gefallenen, die fern der Heimat in fremder Erde liegen müssen, bevor Gott sie zu sich ruft und ihnen ihre ewige Heimstatt geben wird. Wir wollen beten.»

Die Gläubigen senkten murmelnd ihre Köpfe, manch einer nahm sich das wohl zu Herzen, um es nach den letzten Worten des Gebetes sogleich wieder zu vergessen.

«Ehre sei Gott in der Höhe, Friede auf Erden und den Menschen ein Wohlgefallen. Amen.»

Still, die Hände gefaltet, wartete Margrieta, bis die Gemeinde ein überaus fröhliches Lied von Martin Luther anstimmte, fünfzehn Verse, die sie nicht kannte, und zu denen die Orgel ohne jede Verspätung jubelte.

«Vom Himmel hoch, da komm ich her,
ich bring euch neue gute Mär,
der guten Mär bring ich so viel,
davon ich singen und sagen will.»

Und es gefiel Margrieta, als sie den dritten Vers hörte.

«Es ist der Herr Christ, unser Gott.
Der will euch führn aus aller Not,
er will euer Heiland selber sein,
von allen Sünden machen rein.»

Von allen Sünden machen rein? Ohne Beichte? Nichts muss man dem Priester anvertrauen, der begierig seinen Kopf den Frauenstimmen hinhält, die Hand hinter der Ohrmuschel? Der Körper und Kopf so nahe an den Vorhang bringt, dass die Augen sich wie kleine runde Äpfel abzeichnen und sein fauliger Atem zu spüren ist?

Die Glocken läuteten mit mächtigem Klang heimwärts. Warm geworden von den Körpern der Gläubigen und den Flammen der Kerzen, verharrte Margrieta noch im Kirchenschiff, bis auch sie hinausging. Zwischen den Menschen, die nach allen Richtungen auseinander strebten, blieb sie vor dem Portal stehen. Niemand beachtete sie, bis auf ein paar Bürgersfrauen, die ihre Männer schleunigst von ihr wegzogen, bevor sie auf schlechte Gedanken kämen.

Ein eisiger Ostwind fegte um die Kirche. Der glasierte Backstein ihrer Mauern schimmerte im Mondlicht silbern vom gefrorenen Wasser, das keine Sonne in den Himmel gehoben hatte. Es war am Tag herabgetropft und überzog nun die grünbemoosten roten Ziegel, die den Boden um die Kirche deckten, mit einer glitzernden durchsichtigen Haut.

Jakob war der Fremden nachgegangen, abseits von ihr blieb er stehen. Er wollte sie ansprechen, mit ihr über den Krieg reden, über irgendetwas, aber er wusste nicht, wie beginnen.

Sie drehte sich nach ihm um, herrschte ihn mit ihrer rauen Stimme an. «Verschwindet! Ich bin nicht so eine, wie Ihr denkt!»

«Das weiß ich wohl», stammelte Jakob. Mehr wusste er nicht zu sagen. Er wollte fragen: Wer bist du? Wo kommst du her? Wo gehst du hin? Ich will alles wissen, was deine Augen verschweigen. Aber die Worte klebten in seiner Kehle fest.

Sie taxierte ihn mit einem langen Blick, seinen Umhang aus flandrischem Tuch, seinen Hut, seine Beinkleider, die Stiefel aus feinem Leder vom Rind. Ihre Augen brannten sich in seinen Kopf und bohrten sich in seinen Leib. Er wehrte sich dagegen, befahl sich, ruhig zu bleiben.

«Was wollt Ihr dann von mir, wenn Ihr das nicht wollt, Bürger? Ihr seid mir schon einmal nachgelaufen. Wollt Ihr wissen, wo ich herkomme? Das wollen sie alle.» Ihr schäbiges kleines Lachen nahm der Wind mit. «Wenn sie es denn wissen wollen», fügte sie still hinzu. Um gleich darauf wieder ihre Stimme anzuheben. «Nun gut, ich sag es Euch. Ich bin die Jungfrau Maria und komme aus dem Stall zu Bethlehem. Gleich werdet Ihr Josef sehen, meinen Mann, dann gehen wir zurück nach Nazareth im Land Galiläa. Schäfer ist er, nicht Zimmermann.»

Jakob wollte etwas erwidern, Fragen stellen, aber er fand immer noch keine Worte, die er an sie hätte richten können. Die Laden nach außen waren verschlossen, nach innen brachen sie auf.

Der Ostwind hatte auf Südwest gedreht. Wolken flogen am Mond vorbei und verdichteten sich zu einem grauen Klumpen, der schwer auf den Dächern hing und den Mond verbarg. Kleine Schneeflocken tanzten vom Himmel, Margrieta streckte ihnen die Hände entgegen und sah zum Himmel. Ihre Stimme war leise.

«Da kommt ein Vogel federlos,
sitzt auf dem Baum blattlos.
Da kommt die Jungfer mundlos
und isst den Vogel federlos
von dem Baume blattlos.»

Jakob folgte ihren Augen. «Ja, es gibt wieder Schnee», sagte er. «Aber der Mond wird ihn heut Nacht nicht essen können, der hat kein eigenes Feuer wie die Sonne.»

«Sterngucker, Sterngucker», johlte Tönnies, der Sohn des Sodmeisters und warf mit seinen beiden Brüdern Schneeklumpen. Jakob scheuchte die Knaben in die nächste Gasse. Die Holzschuhe klapperten. Er rutschte aus und fiel mit dem heißen Kopf in den kühlen Schnee. Als er atemlos zurückkehrte, war sie fort, verschluckt von der Schwärze der heiligen Nacht, ohne ein sichtbares Zeichen zu hinterlassen. Das Unsichtbare blieb.

Magdalena und Lambert Brinck warteten ungeduldig auf ihren Sohn. Als Jakob zur Tür hereinkam und an den festlich gedeckten Tisch trat, sahen sie ihn an, der goldglänzende Wein von den Elbhängen bei Lauenburg war schon in den Gläsern. Hinter ihnen stand die Magd, den Sauerbraten auf der Platte, zum Auftragen bereit.

Magdalenas Züge verwandelten sich in Besorgnis, als sie in Jakobs glühendes Gesicht sah und er von Hitze und Frost sprach, die ihn nach dem Kirchgang zugleich überkommen hätten. Sie beschloss, nach dem Mahl würden nur heißer Fliederbeermost und sofortiger Schlaf helfen, das hitzige Fieber zu bekämpfen. Bevor sie Jakob einen Becher voll davon in seine Kammer trug, achtete sie darauf, dass niemand hörte, was sie beschwörend aussprach: «Guten Abend, Meister Flieder, nehmt fort ihm das Fieber.»

Als sie danach auf den Hof ging, meinte sie, mitten im Winter den Holunderbusch blühen zu sehen, das machte sie zuversichtlich. Die kalten, nassen Wadenwickel aus Leinen, von der Magd in einer Schüssel gebracht, lehnte Jakob ab. Er lag in der Kammer über dem Kontor, es schüttelte seinen Körper, er kämpfte dagegen, bis er seine Hände nahm. Die Fremde war wieder dabei, und es dauerte nicht länger als ein paar immer heftiger werdende Atemzüge. Als sie ausklangen, schlief er dennoch nicht ein.

Er sah sie an der Kirche davongehen, einen Schäfer an ihrer Seite, auf dessen Hütestock sie sich stützte. Sie hinkte. Das Klopfen des Stocks auf den gefrorenen Steinen hallte noch lange in den Gassen nach. Über ihnen leuchtete Sirius, der Stern über dem Stall zu Bethlehem, der den Weisen aus dem Morgenlande den Weg gewiesen hatte, damit sie dem Jesuskind ihre Geschenke bringen konnten. Sie beugte sich mit freudeglänzenden Augen über das Neugeborene in der Krippe und wickelte es in ihre langen schwarzen Haare, und Josef, der Schäfer, der kein Zimmermann war, breitete schützend über Weib und Kind seine Arme aus.

Zwei Tage lang kämpften abwechselnd Sonne und Schatten in Jakob, und Augen wie Fixsterne, deren Namen er nicht kannte, setzten Brandmale in sein Herz und durchschossen seinen Körper. Mit all seiner Kraft wehrte er sich gegen das Fieber und die Fremde, die doch nichts als eine schäbige Hure war.

13.

Als Margrieta am Morgen wieder zu dem Schäfer auf die Heide ging, begann der Specht ein rundes Loch in die Birke zu hämmern, auf der zwei Krähen saßen, die sich von dem Geklopfe nicht stören ließen.

«Ich wusste, dass du zu mir zurückkommen wirst», sagte der Schäfer. «Ich sehe es an deinem Gang, mein Kraut hat dir geholfen.»

Er war dabei, aus der Asche der Feuerstelle die verkohlten Holzreste herauszusuchen und sie auf einen Haufen zu schichten. Daneben stand ein großer eiserner Topf.

«Hast du etwa das zweite Gesicht?», fragte Margrieta.

«Ich hab dir ja gesagt, ich will schlachten.»

Margrieta nahm den Hut vom Kopf, drehte ihn vor dem Schäfer um, zog ein Stück Sackleinen heraus und zeigte ihm das Salz im Hut.

«Es war ganz einfach», sagte sie und lachte. «Potz, Blitz und Heidewetter, soll der Teufel dich Salzdiebin vierspännig holen!, hat der Kutscher geschrien.»

Der Schäfer schlug sich vergnügt die Hände auf die Schenkel, während sie erzählte.

Der mit Salzsäcken beladene Wagen hatte unbewacht vor einer alten Kirche gestanden. Mit einem scharfkantigen Stein hatte sie einen Sack aufgeschlitzt und das Salz in den Hut rieseln lassen, und nicht nur in den! Als der Esel schrie, war der Kutscher gekommen und ihr nachgelaufen, aber sie war schneller gewesen als er.

Margrieta öffnete den Umhang und schüttete aus der zu einem Beutel verknoteten Jacke das Salz in den Topf und danach aus dem verknoteten Rock ebenfalls. Der Topf wurde voll bis obenhin. Dem Schäfer lachte das Schnuckengesicht.

«Das Salz ist ja schneeweiß», sagte Magrieta staunend. «Ich kenne nur graues.»

«Wenn du auf den Berg steigst», sagte der Schäfer, «dann wirst du über der Stadt eine Dampfwolke sehen. Dort sieden sie das Salz in ihren Hütten, die Lüneburger. Es macht sie reich und hochmütig.»

«Das glaube ich nicht», sagte Magrieta.

Ehe sie weiter nachfragen konnte, nahm der Schäfer einen Strick und pfiff nach Merlin, seinem Hund. Er drehte aus dem Strick eine Schlinge und warf sie nach einem einjährigen hübschen Bock mit grau gelocktem Fell. An den Hörnern zog er ihn bis zur Feuerstelle, strich ihm über den Kopf und sagte: «Dies geschieht um der Nahrung willen, nicht aus Hass.»

Margrieta schlug ein Kreuz über dem Kopf des Tieres und hielt ihm die Hand vor die Augen.

Der Schäfer nahm sein Messer aus dem Lederköcher, zog den Kopf des Bocks kurz hoch, stieß ihm das Messer in den Hals und hielt eine große Kruke darunter. Das Blut spritzte in einem dicken Strahl hinein, er drückte den Kopf nach unten, die vier Läufe zappelten, dann fiel der Bock um. Der Schäfer legte ihn sogleich auf den Rücken, die Läufe standen nach oben. Er schnitt mit seinem scharfen Messer die Klauen ab und warf sie seinem Hund vor, der eine nach der anderen wegschleppte. Er begann an den Hinterläufen das Fell bis zum Bauch aufzuschlitzen, dann an den Vorderläufen, danach zog er einen langen Schnitt vom Hals bis zum After. Er schnitt dem Tier den Hodensack ab und warf ihn ebenfalls dem Hund vor. Das

Fell am Bauch klappte er auseinander, boxte es langsam und geduldig vom warmen Körper des Bocks.

Als er damit fertig war, breitete er es flach auf den Schnee, es lag dort wie ein frisch gewaschenes Kleid.

Mit Zunder, Moos und Steinen schlug der Schäfer ein Feuer, fütterte es mit trockenem Heidekraut und den verkohlten Ästen und stellte ein eisernes Gestell darauf. Er gab Margrieta eine Kruke. Als sie vom Bach zurückkam, schlitzte er dem Bock gerade Brustbein und Bauch auf, nahm mit ein paar Griffen die Eingeweide heraus, trennte Lunge, Herz, Leber, Nieren und Magen ab und legte sie zur Seite. Er nahm die Gedärme und hängte sie über die Zweige der Birke. Danach winkte er den Krähen ein Willkommen zu.

«Sie werden sich streiten», sagte Magrieta, als sie das Wasser aus der Kruke in den Topf schüttete. Es war das Erste, was sie nach dem Töten des Bocks sagte.

«Krähen sind keine Menschen. Eine Krähe hackt der anderen kein Auge aus», murmelte er.

Die Krähen stießen herunter und begannen einträchtig an den Gedärmen zu reißen.

Der Schäfer band den Strick seiner Hose los und ließ sie herunter. Er urinierte an der kalten Feuerstelle auf die Asche, zog die Hose wieder hoch, vermischte die Asche mit Salz aus dem Hut und rieb mit kreisenden Bewegungen das Fell damit ein. Er nahm es auf und spannte es mit festen Strohbändern an der Tür des Stalls auf, aus der die Holznägel hervorragten.

Danach trennte er den Kopf vom Körper. Er schnitt den Magen auf und stülpte ihn um, nahm ihn und die Innereien, rieb sie im Schnee ab und legte alles in den großen Topf mit kochendem Wasser, in das er zuvor Salz gestreut hatte. Er suchte unter seinem Umhang, holte ein getrocknetes Kraut hervor und warf es dazu. Die Augen im rosa Fleisch wurden glasig und sahen Margrieta an, der Duft des kochenden Fleisches stieg in ihre Nase.

Mit seinem Messer zerteilte der Schäfer den Körper und rieb ein Stück Fleisch nach dem anderen mit Salz ein. Sie sang das Lied von Ontje aus Amsterdam. Dem Schäfer gefiel es, und während beide auf das Festmahl warteten, erfand er mit großem Vergnügen neues Unglück dazu.

«Welch Glück hatte Ontje
aus Amsterdam,
den fraßen die Läuse,
den stachen die Bienen,
den piksten die Wanzen,
dem hüpften die Flöhe,
den säbelten die Söldner,
den suchte der Teufel,
den hackten die Krähen,
den verfolgte der Wolf,
den schlug der Bär,
der verlor seinen Kopf …»

Unterdessen trugen die Krähen die Gedärme der Schnucke fort in andere, weiter entfernte Bäume.

Aus den Aufzeichnungen des Jakob Brinck

Fixsterne (stellae fixae, feste Sterne)

Es sind die mit eigenem Licht funkelnden Sterne, die ihre Stelle am Himmel gegeneinander nicht verändern. Aus dem Glanze lässt sich keineswegs auf ihre Größe schließen. Mit bloßem Auge sieht man die Fixsterne erster bis sechster Größe. Die Verteilung der Fixsterne am Himmel ist regellos, an manchen Stellen erscheinen sie sehr gedrängt, andere Orte scheinen gänzlich sternenlos zu sein. Sie verändern Glanz, Größe und Funkeln. Die meisten erscheinen weiß oder gelblich, aber auch rot, blau oder grünlich. Es ist bekannt, dass Sirius im Altertum rot schien, jetzt ist seine Farbe sehr weiß. Ptolemäos hat schon Fixsterne aufgelistet, die neuesten Aufzeichnungen stammen von Tycho Brahe, Catalogus fixarum ad annum 1600.

14.

Zwischen den Jahren suchte Jakob wieder den alten Lehrer Reinecke auf. Diesmal ließ ihn die Schwester gleich herein. Der Alte floss über von den neuesten Nachrichten, die er alljährlich im Dezember von seinen drei Söhnen erhielt. Er hatte die Briefe inzwischen mehrmals gelesen und war begierig darauf, sich mitzuteilen.

«Matthias, Marcus und Johannes finden stets einen Kurier auf dem richtigen Weg», gluckste er freudestrahlend.

Er erzählte zunächst umständlich, was Jakob wohl schon kannte, aber trotzdem begierig und immer wieder gern hörte, denn er wusste, danach kämen die neuesten Berichte aus den jüngsten Briefen. Des Lehrers Jüngster also studierte in Florenz die Bildhauerei, der Mittlere übte das Handwerk des Druckers aus und lebte in Antwerpen, der Älteste, Organist in Lübeck, beschäftigte sich wie sein Vater mit der Mathematik und war auch ein angesehener Komponist.

«Komponisten sind immer auch großartige Mathematiker», sagte der Schulmeister, «aber Mathematiker müssen nicht unbedingt Komponisten sein.»

Danach nahm er, obwohl es Tag war, wenn auch ein dezemberlich dämmeriger, die Öllampe und leuchtete mit ihr über einen der Briefe. Er kniff die Augen zusammen, las, «Hochverehrter Herr Vater», dann stellte er die Lampe auf das Seitentischchen und legte mutlos den Brief dazu. Jakob hätte nur zu gern selbst in den Briefen gelesen, aber er fürchtete, der Lehrer könne das als unbotmäßige Neugierde missverstehen.

«Meine Augen wollen einfach nicht mehr», sagte der Lehrer, «nur bei Sonne mögen sie mir noch zu Diensten sein. Bald werdet Ihr mir doch vorlesen müssen.»

Jakob nickte lächelnd, redete nicht von der Brille, sondern versprach es.

So plauderten sie über das, was die Söhne geschrieben und der Vater bei Sonnenschein unter den Lesesteinen entziffert hatte. Über Frans Hals, den Maler aus den Niederlanden, über Rubens' Zyklus für das Luxembourg-Palais, über das Virginalbuch mit 297 Cembalostücken verschiedener englischer Komponisten, an dessen Drucklegung sein mittlerer Sohn beteiligt war, und schließlich über die in den Niederlanden geplanten 35 Bände «Länderbeschreibungen», auf die er sich besonders spitzte. Erst zum Ende ihres Gesprächs fanden sie zur Astronomie, über die der älteste Sohn ausführlich berichtet hatte. Zum ersten Mal hörte Jakob von dem dänischen Astronomen Tycho Brahe, auf dessen Grundlagen Johann Kepler arbeitete. Begierig wollte er mehr wissen, aber dem Alten fielen ein ums andere Mal die Augen zu. Er drückte Jakob beide Hände und versicherte ihm, die Freude über seinen Besuch ungeachtet seiner Müdigkeit sei groß. Beide verabredeten, sich von nun an wieder häufiger zu sehen und ihre Gespräche im neuen Jahr fortzusetzen. Auch die grauhaarige Schwester war dieses Mal nicht gar so unfreundlich; sie brachte Jakob bis zur Tür und ließ beste Grüße und Wünsche an die Mutter und den Vater ausrichten, denn die hatten für sie ein Säckchen von feinstem Salz mitgegeben, dazu eine gepökelte Lammkeule. Hätten sie gewusst, worüber Jakob mit dem Alten sprechen wollte, dann wären die Gaben wohl geringer ausgefallen, aber er hatte am Ende ja doch keine Gelegenheit gefunden, über die Sonne, den Mond oder das Siebengestirn zu reden, bevor der Alte einnickte.

In den stillen Nächten schichtete Magdalena Brinck, mit sich und dem Lauf der Welt nicht unzufrieden, zwölf Salzhäufchen auf, die die Witterung für das kommende Jahr anzeigen sollten, je nachdem, wie voll sie sich mit Wasser saugen würden. Lambert Brinck ließ seine Frau gewähren, so hatte man es auch in seinem Elternhause gehalten. Danach warf sie, dies allerdings heimlich, ein Häufchen Salz über ihre Schultern, das sollte alles Böse vom Haus abwenden.

Jakob lächelte darüber. Er sah vor sich seinen Weg nach Prag. Immer an den Ufern der Elbe aufwärts bis Havelberg. Und wenn es an einem Ufer nicht weitergeht, gibt es Fähren zum gegenüberliegenden, man musste nur «Hol über» rufen. Dann Magdeburg, Dessau, Wittenberge, Torgau, Meißen und Dresden. Und weiter an der Moldau entlang bis in die goldene Stadt, wo Johann Kepler lebt und die Astronomie lehrt. Dann würde er auch endlich die Hure vergessen, die ihn in jeder Nacht heimsuchte, seitdem er ihr begegnet war.

15.

«Du wolltest mir deine Geschichte erzählen», sagte der Schäfer am Feuer vor dem Stall.

«Sie ist nicht wichtig», sagte Margrieta. «Aber wenn du sie hören willst, hier ist sie: Meinen Vater und meine Mutter kenne ich nicht. Meine Großmutter nannte mich Margrieta und zog mich zusammen mit ihrem Sohn Josua auf. Als sie starb, gingen wir beide davon. Als mein Onkel starb, war ich allein. Mit den niederländischen Söldnern lief ich bis hier. Dann flüchtete ich in deinen Stall.»

«Josua hieß in der Schlacht bei Gibeon Sonne und Mond stillstehen», sagte der Schäfer.

«Von dieser Schlacht weiß ich nichts», sagte Margrieta.

«Er siegte damit über die Kanaaniter», sagte der Schäfer.

«Von so einem Land habe ich noch nichts gehört», sagte Margrieta.

«Es war noch vor Christi Geburt», erklärte der Schäfer. «Josua gehörte zum Stamm der Israeliten.»

«Das ist lange her», sagte Margrieta. «Ich dachte, es wäre jetzt geschehen.»

«Krieg ist Krieg, und Sieg ist Sieg», sagte der Schäfer. «Im Krieg siegt immer einer über den anderen und macht sich Land und Leute untertan, und je mehr Land er besitzt, desto mehr will er dazuhaben. Das war schon immer so und wird auch so bleiben.»

«Woher weißt du das mit Josua und der Schlacht?», fragte sie.

«Aus der Bibel», sagte der Schäfer.

«Wie willst du das wissen, wenn du noch niemals in der Kirche warst, und lesen kannst du doch auch nicht, hast du mir gesagt.»

«In den sternklaren Nächten hörte ich es.»

«Ist es Gott, der zu dir spricht?»

«Nein, Gott hat Besseres zu tun. Der muss noch immer die Münzen aus dem Ablass zählen.»

«Gott regiert Himmel und Erde, aber ich glaube nicht, dass er zählen kann. Woher weißt du das mit Josua?»

«Weißt du nicht», sagte der Schäfer, «dass alles, was zwischen Himmel und Erde seit der Schöpfung gesprochen wurde, jedes Wort, jeder Schrei, und überhaupt jedes Geräusch, immer noch in den Lüften schwirrt?»

«Auch das feinste Bienengesumm?», fragte Margrieta.

«Auch das Rascheln der Blätter im Wind und das Rauschen vom Bach», sagte der Schäfer.

«Auch das Donnern der Kanonen?»

«Und das Hämmern des Schwarzspechtes», sagte der Schäfer, «und das Krächzen der Krähen in den Bäumen.»

«Alles?», fragte Margrieta. «Auch was wir miteinander reden?»

«Alles», sagte der Schäfer. «Zusammen mit den Seelen der Verstorbenen steht es über uns.»

«Und wenn es an die Seelen in den Sternen stößt, was dann?»

«Dann gibt es ein Echo.»

Der Schäfer legte beide Hände zu einem Trichter an den Mund und rief. «Margriietaa!»

«Majia», hallte es vom Schafstall zurück und noch einmal, leiser: «Majia.»

«Das Echo machen die Zwerge, hat meine Großmutter gesagt.»

«Hier gibt es keine Zwerge», sagte der Schäfer. «Hier gibt es Riesen. Die verschieben mit einer Hand die Hügel, grad wie es ihnen Spaß macht, und du musst Obacht geben, dass du nicht darunter zu liegen kommst.»

Margrieta sah sich erschrocken um.

«Nur in der Johanninacht tun sie es», beruhigte sie der Schäfer.

«Bleibt das Echo auch in den Lüften?», fragte sie.

«Alles bleibt», wiederholte der Schäfer.

«Woher hast du die Gabe, in diesem Durcheinander von Stimmen etwas zu hören?», fragte Margrieta.

«Jeder, dem Ohren am Kopf gewachsen sind, hat sie», sagte der Schäfer. «Hör einfach zu.»

Der Wind strich über die trockenen Gräser zwischen den Heidesträuchern. Und Margrieta lauschte, wie der Schäfer es gesagt hatte.

Maja, mein Kind, hörte sie ihre Großmutter aus dem Himmel, ich muss jetzt sterben. Nimm den Josua zum Mann, wenn du sonst keinen findest, der dich beschützt. Sein Blut ist auch dein Blut, aber besser sein eigen Blut heiraten als ganz ohne Schutz sein in dieser Welt.

«Ich höre nichts», sagte Margrieta. Sie wollte es dem Schäfer nicht verraten, wie oft die Großmutter zu ihr sprach.

Sein Schnuckengesicht lachte.

«Wenn du mir helfen willst, kannst du hier bleiben», sagte der Schäfer, «dann wirst du lernen zu hören.»

«Und wo verstecken wir uns, wenn die Soldaten kommen?», fragte Margrieta.

«Das zeige ich dir, wenn es so weit ist», sagte er.

Und weil der Schäfer von da an schwieg, gab es auch für Margrieta nichts mehr zu sagen. Abgesehen davon, dass der Specht wieder in den einzigen Baum klopfte, der außer den Wacholderbäumen am Stall stand, gab es auch nichts mehr zu hören, sosehr sie auch lauschte. Er hämmerte in die Birke mit ihren tief herabhängenden Ästen, deren Wurzelwerk sich über dem Sand erhob, als hätte sie jemand dort auf Zehenspitzen abgestellt. Der Widerhall des Klopfens kam mehrmals zurück und wurde jedes Mal schwächer.

16.

Tragen die Gebirge des Mondes
Schnee wie der Kalkberg?
Haben ihre Schatten die gleiche Länge
im Wechsel der Tageszeiten wie auf der Erde?
Leben dort Menschen? Väter und Söhne?
Lehrer und Schüler? Gibt es Städte und Dörfer?
Wasser und Salz aus den Quellen?
Wachsen Pflanzen und rufen Tiere?
Die man nur nicht erkennt wegen der
ungeheuren Entfernung, obwohl der Mond
an manchen Abenden zum Greifen nah ist
wie ein Apfel, an anderen weit entfernt?
Wandert er auf seiner Bahn mal dicht an
der Erde vorbei, mal weiter von ihr weg?

Schon eine Weile hatte Magdalena Brinck in der Tür zum Kontor gestanden und ihren Sohn beobachtet, der die Feder in der linken Hand hielt und auf die Rückseite eines aus dem Kontorbuch herausgerissenen Blattes schrieb.

«Junge, phantasier nicht», sagte sie mit jenem ihr eigenen Ton zwischen Wohlwollen und Vorwurf, der offen ließ, ob sie liebevolle Anteilnahme zeigte oder einen Tadel aussprach. Diesen Ton hatte sie schon angeschlagen, wenn Jakob als kleiner Junge seinen Träumen nachhing und sie wissen wollte, was in ihm vorging. Und es doch nie erfahren hatte von ihrem jüngsten Kind, das so ganz anders geraten war als seine beiden geschäftigen Brüder. Weil sie ihn nicht verstand, spionierte sie ihm nach. Schon auf kleinen nackten Füßen wanderte er den Kalkberg hinauf, und sie sah zu ihrer Enttäuschung nichts weiter, als dass er auf dem Gipfel saß und die Welt von oben betrachtete, und wenn er seiner Mutter ansichtig wurde, pflückte er schnell für sie eine blaue Wegwarte und ein gelbes Adonisröschen, manchmal auch eine weiße Margerite oder ein rot gerändertes Tausendschönchen.

Jetzt drehte er nach ihren vorwurfsvollen Worten hastig das beschriebene Blatt um und schob es unter das aufgeschlagene Buch. Sie sah dem verschwundenen Papier mit einem bedauernden Blick nach, zog den Stuhl des Vaters hervor, setzte sich an den Tisch. Er begann wortlos, Zahlen in das Rechnungsbuch einzutragen, die Feder lief leicht über das Papier. Ja, ohne Worte. Er gab wenig preis, weil fast alles, im Vertrauen mitgeteilt, von ihr irgendwann einmal gegen ihn zur Verwendung kam. Und doch war er, nicht nur als Kind, immer wieder auf sie hereingefallen.

«Spiel doch Murmeln mit den anderen!»

«Ich mag aber nicht, Mutter.»

«Was magst du dann, Jakob?»

«Die Sterne mag ich.»

«Und mich magst du nicht?»

Oder sie sagte:

«Warum nimmst du nicht die gute Hand zum Schreiben?»

«Sie will nicht so wie ich, Mutter.»

«Warum will sie nicht so wie du, Jakob?»

«Weil die linke Hand es besser kann.»

«Die böse Hand führt der Teufel. Und mit dem Teufel willst du doch wohl nichts zu tun haben, oder?»

Einmal wollte er Hirsebrei naschen. Weil es verboten war, ließ er es dann doch. Sie sah ihn aus der Speisekammer kommen. Er beteuerte seine Unschuld.

«Lügen haben kurze Beine, Jakob.»

«Meine Beine sind aber lang wie immer, Mutter.»

Da hatte sie ihm gegen die Beine geschlagen, dass er aufschreiend zusammensackte.

«Ich habe es dir ja gesagt! Lügen haben kurze Beine.»

Er hasste diese Augenblicke mit ihr allein, die nun schon seit langem nicht mehr Murmeln, Hände oder Beine betrafen, sondern seit über einem Jahr unweigerlich in einem Gespräch gipfelten, das nur eines zum Ziel hatte, ihm seine baldige Verheiratung mit Lene Andresen ans Herz zu legen, ein Ziel, das Magdalena nun erreicht zu haben glaubte. Es war auch gleich, womit das Gespräch begonnen hatte, sie schaffte immer die Wendung zur künftigen Braut, die sie selbst ausgesucht hatte aus vielerlei Gründen, wozu nicht nur die Mitgift, sondern auch ein breites Becken zählte.

Magdalena Brinck war geschaffen, das Leben zu beherrschen. Sie hatte zu regeln, was zu regeln war, wie es fast alle Frauen ihres Standes taten. Von Angesicht zu Angesicht taten sie den Männern gegenüber meist ehrerbietig und gehorsam, hinter deren Rücken hielten sie die Fäden straff, an denen auch die erwachsenen Söhne hingen, bevor sie heirateten. Danach traf es die Schwiegertöchter, deren Los es war, die Mütter des Bräutigams mitzuheiraten, weswegen manche, statt in den Ehestand zu treten, lieber zu den Schwestern gingen, in deren schmalen Betten es sich zwischen den Gebeten auch gut sein ließ, was gleichwohl keusch war, denn wegen des fehlenden Samens gab es keine Befruchtung, und auch wenn die alte Oberin ab und an bedient werden wollte, traf ihr Ruf die Einzelne nicht so oft, wegen der meist großen Anzahl der jungen Schwestern.

«Acht Jahre haben wir nun schon Krieg, und noch ist kein Ende abzusehen», seufzte Magdalena.

«Wir können nichts daran ändern», sagte Jakob. Er warf einen kurzen Blick auf seine Mutter, der besagte, geh bitte wieder. Nützte aber nichts.

«So ist es. Der Krieg bleibt ja auch meist vor dem Tor. Und unser Leben läuft weiter.»

«Und manchmal braust es auch an einem vorbei», setzte Jakob ein Schlusswort. Wie er meinte. Nützte auch nichts.

Magdalena besah ausgiebig ihre Hände, sie waren ein wenig zu rundlich an den Gelenken. «Und wie willst du dein Leben gestalten?», fragte sie nebenher, «wann willst du es in die eigenen Hände nehmen? Lene wartet auf ein Wort von dir, wann die Hochzeit stattfinden soll.»

Es geht wieder los, dachte Jakob, fest entschlossen, nichts von sich preiszugeben, ihre Fragen ins Leere wie das Rad eines umgekippten Wagens laufen zu lassen. Nützte ihm aber auch nichts.

«Das wird sich finden», sagte er.

Sie drehte die Handflächen nach innen und zog mit der rechten Hand die Lebenslinie auf der linken Hand nach, danach wiederholte sie es umgekehrt und seufzte leise.

«Eine Frau bringt Ordnung», sagte sie. «Wenn im Ehebett alles geregelt läuft, hören auch die Kopfgespinste auf.»

Sie seufzte noch einmal. «Keiner deiner beiden Brüder hat sich derart geziert vor der Ehe.»

Weiter sagte sie in sein Schweigen hinein, dass die Hochzeit am besten im Mai stattfinden solle. Für Lene, die zukünftige Frau, gebe es genügend andere Bewerber, habe Herdeke Andresen gesagt, und das sei, obwohl die Andresensche gerne angebe, sicher wahr. Und darauf wolle man es doch nicht ankommen lassen. Es pfiffen jetzt schon die Spatzen von den Dächern, dass er anders sei als die meisten jungen Männer in seinem Alter.

Jakobs Augen verengten sich zu schmalen Schlitzen. Er legte die Feder zur Seite, stand auf und stellte sich ans Fenster. Seiner Mutter wandte er den Rücken zu.

«Wir lassen euch oben eine trauliche Schlafkammer einrichten», lockte Magdalena und trumpfte gleich danach auf. «Es wird natürlich eine prächtige Taghochzeit mit mehreren Mahlzeiten. Wie es sich gehört. Brincks werden sich nicht lumpen lassen, wenn Diedrich Andresens Tochter in ihr Haus einzieht.»

Jakob drehte sich um und sah seiner Mutter ins Gesicht, fest entschlossen, nicht nachzugeben. «Das hat Zeit, bis ich fünfundzwanzig bin! Ich fühle mich nicht heiratsfähig. Ich bin noch nicht so weit. Und auch Lene möchte die Verlobungszeit noch etwas ausdehnen.»

Fünfundzwanzig! Magdalenas Augen wanderten erschrocken von seinen Füßen bis zu seinem Kopf. Was immer sie gedacht haben mochte, sie sprach es nicht aus, weil es nicht schicklich gewesen wäre. Über eventuelle Schwierigkeiten wegen der Manneskraft hatten nur Väter mit den Söhnen Auge in Auge zu reden, sie bei Bedarf auch in die Häuser hinter den Höfen zu führen.

«Deine Brüder sind in ihren Ehen so zufrieden!», sagte sie stattdessen. Und dass Lene eine Pfanne zur Rente mit einbringen würde, das sagte sie auch noch.

Jakob hatte sogleich die Finsternis einer Neumondnacht im Gesicht, als er sich mit einem Vorschlag hervorwagte, den er noch nie zuvor ausgesprochen hatte.

«Warum können meine Brüder nicht die Nachfolge von Vater antreten?»

Über Magdalenas Züge breitete sich das Grau der Dämmerung aus und blieb in den Mundwinkeln hängen, als sie spitz fragte: «Soll Lukas etwa die Siedepfannen in Halle aufgeben? Oder Gottlieb den Handel in Stralsund?»

«Das liegt bei ihnen», sagte Jakob. «Und warum eigentlich nicht?»

«So ein Gespräch über deine Brüder solltest du mit Vater besser nicht führen. Mach ihn nicht unglücklich, das hat er nicht verdient. Er rechnet fest mit der baldigen offiziellen Ankündigung der Verlobung.»

Jakob blieb stumm.

Magdalena stand auf, schob den Stuhl zurück unter den Tisch und stützte sich auf die hohe Lehne. Sie setzte jetzt ihren Blick ein, auch der ein bewährtes Mittel, das Jakob in seiner Kindheit zu spüren bekam, wenn er etwas getan hatte, das ihr nicht recht war. Sie vermochte es, ihre Augen weit aufzureißen und nach innen zu ziehen, sodass sie einen starren Ausdruck bekamen, der ihm früher sofort ein schlechtes Gewissen beschert hatte. Er war dann zu ihr gelaufen, hatte seine Arme um ihren Leib gelegt, ihren Geruch von Küchendunst, Lavendel, Rosmarin und Schweiß eingeatmet, von dem ihm meist übel wurde, und trotzdem hatte er gefragt: «Hast du mich nicht mehr lieb, Mutter?»

Und sie hatte nichts geantwortet, nur geseufzt, dann ein wenig gelächelt und den Sieg bei sich gewusst.

Ihre Stimme wurde eine Spur zu schrill. «Auch wenn die Zeiten unruhig sind, hat jeder an seinem Platz zu stehen, auch du, unser Sohn. Mach uns nicht zum Gespött auf der Gasse. Du bist ein Brinck, das solltest du nicht vergessen!»

Ein kalter Luftzug. Die Tür klappte zu.

Jakob holte sein Blatt hervor. Er las es durch, nahm die Feder zur Hand, dann legte er sie wieder fort und versteckte das Blatt erneut im Buch. Den Blick durch das Fenster hielten die Häuser auf der anderen Seite der Gasse auf. Es war ihm, als spräche eine raue Stimme, dabei schwirrten nur seine eigenen Gedanken.

Was wollt Ihr hinter Euren dicken Mauern schon von der Schlacht da draußen vor den Toren wissen? Kennt Ihr die Welt hinter der Lüneburger Heide? Die Quellen, die zu Bächen werden, die in Flüsse münden, die das Wasser dem Meer zuführen, wo es die Sonne in den Himmel holt, bis es wieder herabregnet? Kennt Ihr den blauen Ozean zwischen den Kontinenten? Die gelben Wüsten Afrikas? Die hohen Berge voller Schnee, die nie eines Menschen Fuß überschritten hat? Kennt Ihr die Städte mit ihren marmornen Plätzen und Domen und den Schlössern aus gelben Sandsteinquadern mit ihren Treppen, Türmen und Gemäldegalerien? Wisst Ihr, was sich hinter den Himmelssphären verbirgt, an die alle Sonnen, alle Sterne und Planeten geheftet sind? Gibt es einen Anfang und ein Ende der Unendlichkeit, und wo sind sie zu suchen? In den Zahlen, im Kopf oder im Glauben an Gott, den Allmächtigen? Nichts wisst Ihr, wenn Ihr Euch nicht auf die Reise macht. Im Kopf unterwegs sind nur Alte und Gebrechliche, deren Beine ihnen nicht mehr gehorchen wollen, aber reisen vermögen sie nur zu den Orten, die sie gesehen haben. Faule und Bequeme verschlafen das Leben, es braust an ihnen vorbei, wie der Wind in der Heide den Sand verweht. Ihr wollt hinter die Dinge sehen und nicht Euch mit den Dingen einrichten, vergesst es nicht! Seid offen, dann wird Euer Durst immer wieder aufs Neue gestillt, aber lasst Euch nicht aufhalten. Sonst werdet ihr bloß gefüllt mit unnützen Dingen, die Euch verstopfen, dass Ihr tagelang die Latrine nicht verlassen könnt. Was ist? Wann geht es los?

Mit seinen Fäusten schlug Jakob an das feine Holz der Paneele. Der venezianische Spiegel fiel herunter und zerbrach auf den Fliesen. Magdalena riss die Tür auf, schlug die Hände vor der Brust zusammen und rief klagend: «Das bringt sieben Jahre Unglück!»

«Unsinn!», schrie Jakob sie an. Es tat ihm gleich darauf Leid. Niemals zuvor hatte er seine Mutter angeschrien.

Magdalena zog ihre Augen nach innen, bis sie starr wurden. «Und der ihn geschenkt hat, muss sterben.»

Wo der venezianische Spiegel geblieben sei, habe der Vater schon am Nachmittag gefragt, berichtete Magdalena ihrem Sohn am Abend, als sie für kurze Zeit allein waren. Und sie habe gelogen und gesagt, der Spiegel sei beim Tischler, der den Rahmen richten solle. Der sei doch gar nicht schief gewesen, habe der Vater gesagt. Und daraufhin habe sie noch einmal gelogen und gesagt, beim Staubputzen sei ein Teil der Vergoldung abgebrochen, was ja auch tatsächlich stimmte. Damit sei er zufrieden gewesen. Und sie habe sich schon gemeinsam mit der Magd die Sohlen abgelaufen auf der Suche nach einem neuen

Spiegel und sei fündig geworden in einem Nachlass, nun müsse der Spiegel nur noch in den Rahmen eingepasst werden, damit der Vater den Betrug nicht bemerke.

«Danke, Mutter», sagte Jakob erleichtert.

«Das hebt das Unheil nicht auf, Jakob. Sieben Jahre wird es andauern.»

«Mutter, das ist Aberglaube, wirklich. Vater wird nichts geschehen.»

17.

Der Schäfer nahm sich die Schnucke mit dem fast schwarzen Fell aus der Herde. Er strich über ihren Kopf, über ihren Rücken, weiter bis zu ihrem Schwanz. Er hob ihn mit einer Hand an und streichelte weiter. Die Schnucke stand ganz still, ihre Hinterbeine breit auseinander. Der Schäfer zog den Strick seiner Hose auf und ließ sie heruntergleiten, zusammen mit der Wasserkruke, die er daran gebunden hatte, damit das Wasser nicht einfror. Er stellte sich hinter die Schnucke, zog sich auf ihren Rücken, legte ihr Hände und Arme um den Hals und drückte sein steifes Glied in sie hinein. Sein blanker Hintern hob und senkte sich, die Schnucke stand still unter ihm. Als er fertig war, gab er ihr einen Klaps und scheuchte sie in die Herde hinein. Der Bock rannte ihr auf stakigen Läufen nach und kopulierte mit ihr. Wieder stand sie ganz still. Der Schäfer grinste und zog sich die Hose wieder hoch. Er band sich den Strick fest darum, hob die Kruke hoch, nahm den Holzstöpsel heraus und trank einen Schluck. Er drehte sich langsam um. Margrieta stand zwischen den Schafen, hastig atmend, die Augen weit aufgerissen, das Gesicht rot, die Hände wie zur Abwehr erhoben.

«Ich nehme immer die, die für den Bock bereit sind», sagte der Schäfer. Er trank noch einmal, dann wischte er sich den Mund ab und drückte den Stöpsel wieder auf den schmalen Hals der bauchigen Kruke.

Margrieta brachte kein Wort heraus.

«Guck nicht so dämlich», sagte der Schäfer, «dafür lasse ich dich in Ruhe.»

«Machst du das schon immer so?», fragte sie nach einer Weile.

«Ich hab's von meinem Vater gelernt», sagte er. «Nachdem er meine Mutter unter den Sand gelegt hatte und mich unter die Ziege gebunden, ging er zwischen die Schnucken.»

«Da warst du noch ein Säugling», sagte Margrieta. «Woher willst du wissen, was dein Vater tat?»

«Nichts geht verloren, sagte ich das nicht schon? Und ich bin groß geworden», sagte der Schäfer. «Später haben wir es oft zusammen getan. Meistens war ich schneller fertig als er. Wir brauchten beide keine Frauen.»

«Noch nie?», fragte Margrieta.

«Guck nicht so», sagte der Schäfer. «Nein. Noch nie. Will ich etwa den Säugling unter eine Schnucke binden, wenn mir die Frau krepiert?»

Margrietas Züge entspannten sich, sie grinste schief.

«Du hast ja Recht», sagte sie schließlich.

«Sie sind weich und warm», sagte der Schäfer. «Eine ist immer bereit. Ich sehe es, und dann überkommt es mich. Nur dann. Es schadet ihnen nicht.»

«Und wenn sie trächtig wird und etwas wirft?», fragte Margrieta.

«Warum nicht?», sagte der Schäfer. «Es ist aber noch nicht geschehen. Sie haben bisher alle vier Beine und einen Schwanz gehabt, wenn sie auf die Welt kamen.»

Margrieta schien erleichtert zu sein.

«Du hast mir angeboten, dass ich bei dir bleiben kann. Was verlangst du als Gegengabe?»

«Dass du mir hilfst, sagte ich.»

«Was soll ich für dich tun?»

«Nicht für mich.»

«Was dann?»

«Du sorgst für dein Brot, wie ich für mein Brot sorge. Dafür beschützen wir uns gegenseitig.»

«Ich dich beschützen? Wie soll das denn gehen?»

«Vier Augen sehen mehr als zwei, und vier Ohren hören mehr als zwei.»

«Wo verstecken wir uns, wenn sie kommen?», fragte sie.

Der Schäfer pfiff nach Merlin. Der Hund kam angerannt, setzte sich vor ihn hin und sah ihn unverwandt an. Der Schäfer beschrieb mit seiner Hand einen Kreis um die Herde und gab Merlin einen Klaps. Der lief davon und umrundete bellend die Schnucken. Und die, die zur Seite gestakst waren, scheuchte er zurück zu den anderen.

Margrieta folgte dem Schäfer bis an den Fuß eines runden Hügels oberhalb des Stalls, der mit Heide und Ginster bestanden war.

Schwere graue Felsen ragten aus ihm heraus, eben wie gehobeltes Holz, manche auch wie poliert, bis auf ein paar kleine Näpfchen darin, in denen Moos wuchs. Ein etwas größerer Napf war halb gefüllt mit klarem Wasser. Margrieta wollte sogleich daraus trinken, aber sie kam mit dem Mund nicht hinein. Er griff nach seiner Wasserkruke, doch dann ließ er die Hände wieder sinken und wartete. Sie ging um den Hügel herum und hob nach längerer Suche einen runden Kieselstein auf, der passte genau in das Näpfchen. Sie legte ihn in das Wasser. Es stieg bis an den Rand. Sie trank. Dann tauchte sie eine Hand hinein und kühlte ihr Gesicht. Der Schäfer hatte sie genau beobachtet, und was er sah, gefiel ihm.

«Hier ist das Versteck», sagte er.

«Dass ich nicht lache», sagte Margrieta, «der Hügel ist bestes Ziel für Kanonen und Kartätschen. Und in der Johanninacht verschieben ihn die Riesen!»

«Die Riesen sind mir wohlgesonnen», sagte der Schäfer, «denn mit diesem Hügel haben sie noch nie gespielt. Weiter in der Heide gibt es welche, die sie immer mal wieder umtragen.»

Er wies auf einen kleineren Felsen unter den großen, von einem Ginsterstrauch überwuchert.

«Den merk dir», sagte er.

«Wie denn?», fragte sie. «Die Felsen sehen alle gleich aus.»

«Er ist rund wie die Sonne», sagte er, «siehst du das nicht? Und am längsten Tag des Jahres steht er genau im Sonnenaufgang, für die andere Zeit musst du von dem Tag an rückwärts oder vorwärts rechnen. Und es gibt Licht», fügte er noch geheimnisvoll an, «aber nur um Johanni herum.»

«Verbirgt er eine Höhle?», fragte sie. Der Schäfer antwortete nicht.

Margrieta stieg auf den Hügel. Sie sah sich um. Fünf Kirchtürme ragten in der Ferne auf, und eine weiße Wolke lag über der Stadt in ihrem Mauerring.

«Wir werden gemeinsam dorthin gehen», sagte der Schäfer, der ihrem Blick gefolgt war. «Ich werde dich anlernen.»

«Was soll ich lernen?», fragte Margrieta.

«Das Lesen aus der Hand», sagte er.

«Nicht nötig», sagte sie. «Das hat mich meine Großmutter schon gelehrt.»

18.

Spät am Abend, als Magdalena sich schon für die Nacht herrichtete, rief Lambert Brinck seinen Sohn und schenkte sich und ihm je einen Becher Wein ein. Ob der anstehenden Verlobung milde gestimmt, schlug er seinem Sohn vor, den Gast aus Lübeck, Heinrich Timmermann geheißen, am nächsten Tag in die Saline zu führen, ihm die Arbeitsvorgänge zu zeigen, ihm höflich und zuvorkommend zu begegnen, damit das Geschäft ein gutes würde. Das sei doch sicher auch in Jakobs Sinn, nun, da er sich für Lene Andresen entschieden habe.

«Das mach ich gern», sagte Jakob. Es blieb ihm ja auch nichts anderes übrig, zumal der Alkohol sofort seinen Geist vernebelt hatte.

«Noch etwas unter uns», sagte Lambert Brinck und goss für Jakob und sich einen zweiten Geist ein, «ich bin sehr zufrieden mit deiner Wahl. Sie hat einen festen, breiten Körper, der dich gut aufnehmen wird.»

Nachdem er auch noch ein drittes Glas ausgetrunken hatte, sah er Jakob aufmunternd in die Augen und schlug, wobei er seine Stimme senkte, «unter uns Männern» vor, ihm die beste Herberge zu weisen, wo er ohne Angst vor Ansteckung vor der anstehenden Hochzeit sich Erfahrung verschaffen könne, ohne dass es von den Frauensleuten eine gewahr werden würde.

Jakob schüttelte energisch den Kopf.

«Ich geh nicht zu solchen Frauen!», sagte er.

«Du wirst schon auf meinen Rat zurückkommen.»

Lambert Brinck senkte seine Stimme noch weiter.

«Wenn du dich erst an das Ehebett gewöhnt hast und sie es dir dann verweigern, was geschehen wird, wenn sie neues Leben in sich tragen, und wenn du dich gerade an die Regelmäßigkeit gewöhnt hast, dann nutzen sie es aus. Sie haben die Macht über dein Begehren.»

Er beugte sich weit über den Tisch. «Glaube mir, ich spreche aus Erfahrung.»

All dies und dazu die drei Becher vom Wein ließen Jakob Brinck in der Nacht nicht schlafen. Flachsblonde und schwarze Haare verfilzten sich ineinander, raue und helle Stimmen jagten sich. Unter dem verhangenen Mond suchte er den Abtritt auf dem Hof auf, weil er sich das Nachtgeschirr unter dem Bett schon seit seiner Kindheit verbeten hatte, dessen scharfen Gestank er nicht ertragen konnte, wenn es am Morgen mit darüber gelegtem Tuch nach draußen befördert wurde. Von den Dächern tropfte Wasser und rann in kleinen Bächen auf dem gepflasterten Hof, kleine Strudel gurgelten auf, als es in ein Mauseloch lief.

An die Tür des Häuschens gelehnt, schickte Jakob seine durcheinander geratenen Gedanken zu den Plejaden hinauf. Eine Sternschnuppe glitt an ihnen vorüber, und er wünschte sich nichts sehnlicher in diesem kurzen Augenblick als seine Freiheit, die in Zukunft Lene Andresen unterworfen sein sollte. Die Hände auf dem Rücken, wanderte er durch den Kreuzgang des kleinen Gartens, suchte seine verworrenen Gedanken aufzulösen, die alles beherrschten. Ihm fiel nichts anderes ein, als sich vorzunehmen, seinen alten Lehrer zu fragen, wie dessen Söhne es geschafft hätten, der Enge der Stadt in die Weite der Welt da draußen zu entfliehen, nach Antwerpen und nach Florenz, diesen klingenden Städtenamen fern von Lüneburg, hinter denen sich Maler versteckten, Musiker, Wissenschaftler und Gelehrte. Wie er sich nun aber gleich darauf selbst eine Antwort gab, wurde er mutlos. Der alte Lehrer hatte nichts weiter zu geben gehabt als das Wissen in seinem Kopf, was er ausgiebig getan hatte, und die Söhne waren ausgezogen, es zu erweitern, weshalb sie nun diese wunderbaren Briefe schrieben, um die er sie beneidete. Er hingegen sollte standesgemäß ehelichen, um die Linie der Familie Brinck, möglichst mit Söhnen, fortzuführen, weiter den Handel mit Salz übernehmen, um die silbernen Münzen im Schrank zu vermehren, und in angemessenem Alter den Platz des Vaters im Rat einnehmen, um die Geschicke der Stadt für alle Bürger, alle Stände, auch für die Lehrer, zu lenken. Und all dies, weil er als Jakob Brinck, Sohn des Ratsherrn Lambert Brinck und seiner Frau Magdalena, geboren war und nicht als Sohn des Lehrers Reinecke, wie Matthias, Marcus und Johannes. Und er hatte nichts dagegen unternommen, hatte sich unterworfen und genickt. Er schämte sich über sich selbst, über die Unfähigkeit, seine Wünsche zu vertreten, und mit einem Mal wurde ihm bewusst, dass er sie noch niemals klar geäußert hatte, außer vor Lene und vor Lehrer Reinecke. Wie sollte der Vater auch wissen, dass es nicht Phantastereien waren, die in seinem Kopf spukten, sondern ein fest umrissenes Ziel, das Ziel, den Himmel zu erforschen und nichts anderes sonst. Er nahm sich vor, dem Vater reinen Wein einzuschenken und ihn, nachdem er den Gast Heinrich Timmermann durch die Saline geführt hätte, um ein Gespräch zu bitten, bevor es zu spät war, wie bei dem einzigen Sohn eines anderen Ratsherrn, einem hübschen schmalen Jungen mit lockigen Haaren, der sich am Tag vor seiner Hochzeit vom Michaeliskirchturm gestürzt hatte, ohne dass je herauskam, warum er es getan hatte, aber das Munkeln darüber wollte kein Ende nehmen.

19.

Im schmelzenden Schnee kamen die fortgeworfenen Reliquien der Stadt zum Vorschein. Hühnerbeine, Schweinerippen, Kohlblätter, Wurzelenden, manchmal eine Münze, eine Seidenblume, eine Haarnadel, ein zerbrochener Kamm. Magere Katzen schossen aus den Toreingängen der Häuser und verbissen sich in den Fleischfetzen der Knochen. Eiszapfen wuchsen unter den Traufen der Dächer, brachen ab und fielen herunter. Bürgerkinder stürzten sich lachend darauf und lutschten daran, zeternde Mägde rissen sie ihnen aus den Händen. Lumpige Bettelkinder zogen in Trupps durch die Gassen und hoben auf, was sie gebrauchen konnten, und wenn sie einen bunten Scherben fanden, zogen sie damit Striche in den Sand und spielten Himmel und Hölle, in die sie mit gegrätschten Beinen sprangen.

Wo sich das Wasser staute, bildeten sich erst Pfützen, dann Teiche und irgendwann große Seen auf dem gefrorenen Boden, die wieder zu Eis wurden. Die Menschen begannen zu rutschen, die ganze Stadt geriet in eine schlingernde Bewegung, die sonst nur den Marktschreiern und Schlangenbeschwörern vorbehalten war, über die man sich erhob, da sie keinen festen Wohnsitz hatten, denen man aber gern zuschaute, in der stillen Hoffnung, die Schlange würde zischen und zubeißen.

Zwischen den Menschen hüpften Jakob und der Gast, der sich höflich und mit warmer Baritonstimme als Heinrich Timmermann, Kaufmann zu Lübeck, vorgestellt hatte.

Er war schwergewichtig, rotwangig, aber sonst von ansprechendem Äußeren und schien recht wohlhabend zu sein, was seine geschickt gewählte Reisekleidung aus nicht zu dunklem englischem Tuch bezeugte, die später einige Schmutzflecken aufweisen würde. Er verstand es, angenehm zu konversieren, bewunderte die großen Plätze und die meisterlichen Backsteinbauten der Stadt, lobte besonders die geistlichen – «Auch bei uns gibt es eine Nikolaikirche, vielleicht ein wenig höher das Schiff» –, betonte aufs freundlichste die Ähnlichkeit der profanen Häuser mit denen seiner Heimatstadt, die einfach durch ihre Lage an der Trave sowie den direkten Zugang zur Ostsee mit ihren Schifffahrtsrouten nach Norden und Osten und den dortigen Handelszentren bevorzugt sei, was den Stadtsäckel betreffe. Aber Lüneburg könne sich durchaus neben ihr sehen lassen, schmeichelte er seinem Stadtführer, wie es Gepflogenheit war bei einem Handel, bei dem man am Ende einen Vorteil für sich zu gewinnen trachtete. Diese Feinheiten waren Jakob bisher noch nicht bekannt, er nahm sie als bare Münze und freute sich.

«Alles Pfeffersäcke bei uns im Lübecker Rat, aber anbauen tun sie den Pfeffer nicht, sie ernten nur den Ertrag», schob Timmermann mit einem lauten Lachen nach, was ebenfalls einer Anbiederung gleichkam, die Jakob nicht bemerkte, weil er schon Überlegungen anstellte, wie er am besten die Saline präsentieren könne.

Mit unablässig nickenden Pferden bespannte, schwer beladene Wagen mit Holzstämmen für die Siedeöfen rumpelten durch das Lüner Tor herein und fuhren auf das Tor der Saline zu. Eselskarren, voll gepackt mit Salzsäcken, kamen heraus und fuhren zum Hafen, wo sie ihre Fracht in den Salzspeichern abluden, die Timmermann ebenfalls mit den Lübecker Salzspeichern am Holstentor verglich, die einfach in der Überzahl seien, sei Lübeck doch eine Drehscheibe für den gesamten Handel im Ostseeraum.

Jakob seinerseits wies den Gast darauf hin, wie trefflich angeordnet die Saline läge: im Westen geschützt von einem weiten Rund der Stadtmauer, umflossen von Wasser und noch einmal gerahmt von einer eigenen Mauer mit einem gut bewachten Tor. Er wies auf den lateinischen Spruch darüber und übersetzte ihn nicht ohne Stolz.

«Sieh, wie die reichlichste Sole allhier wird gesotten, Dank der willkommenen Gunst Gottes, des Höchsten im All! Mons, Fons, Pons: Berg und Quell und die Brücke, Herrgott! Dein sind diese Gaben, wachse die Ehrfurcht in uns, mindre sich nimmer das Gut!»

«Ich bedanke mich», lobte der Gast.

«Die Brücke führt über die Ilmenau», sagte Jakob und wies zum Fluss. «Hier sind die Quelle, die Sole, das Salz. Und dort ist der Berg. Sein Massiv besteht aus Gipsgestein, dessen Druck aus dem Salzstock unter ihm die Sole herausfließen lässt.»

«Welch wunderbarer Anblick in diesem platten Land», lobte Heinrich Timmermann den Kalkberg, «vergleichbar, so scheint es mir, nur mit den Gebirgen an der Weser.»

Das Lächeln von Jakob fiel schmal aus. Die Weser kannte er nicht, konnte somit auch keinen Vergleich anstellen, er wollte dies aber vor dem Gast nicht zugeben.

Auf dem Rundgang durch die Saline führte er ihn als Erstes in die Bare, die Pfannenschmiede, in der Pfannenrohlinge aus Blei gegossen und bearbeitet wurden, was er bestens erklärte, soweit er sich bei dem Klopfen, Treiben und Hämmern überhaupt verständlich machen konnte.

«Seht her, mit hölzernen Schlegeln werden die Borde ausgetrieben und umgeklopft, bis eine viereckige Pfanne mit abgerundeten Ecken entstanden ist. Sie ist summa summarum vierundvierzig Zoll lang und breit, vier Zoll hoch, gut einen halben Zoll dick und bald dreihundert Pfund schwer.»

Der Gast besah sich mit großem Verstand die Arbeit der Schmieder, die nicht von ihrer Arbeit aufblickten, sie klopften einfach weiter, er sah sich in der Werkstatt um und fragte: «Und wie lange halten die Pfannen auf den Öfen das Feuer aus?»

«Nur einen Monat», sagte Jakob, «dann sind sie vom Sieden ganz dünn geworden und müssen umgegossen werden zu neuen Pfannen. Der Schwund von Blei ist beträchtlich.»

«Wie viel macht es aus?», fragte Timmermann.

«Wir rechnen bei jedem Guss mit einem Schmelzverlust von etwa zwei Pfund.»

«Und der Geschmack des Salzes? Leidet er nicht unter dem Blei?»

«Es sind ja nur geringe Beimengungen», erläuterte Jakob, «die verfliegen an der Luft.»

«Und wo bezieht Ihr das Blei?», fragte Timmermann, «mir scheint, dass große Mengen nötig sind.»

«Wir kaufen es meist in England», sagte Jakob, «es ist länger brauchbar als das hiesige Blei.»

Alsdann zeigte er dem Gast die vierundfünfzig Siedehütten, die gruppiert um die Küntje, das Brunnenhaus, standen, in das sie auf hölzernen Treppen hinabstiegen, bis sie bei den Schächten angelangt waren.

«Hier unten steigt die Sole aus der Erde auf, erschlossen durch Stollen, die mit schweren Eichenbalken abgestützt sind. Sechs Sodeskumpane, Ihr seht Sie dort drüben, pumpen die Sole mit einer Schwengelpumpe heraus, füllen sie in Kummen und gießen sie in hölzerne Rinnen, die von hier aus zu den einzelnen Siedehäusern führen. Für die Solezufuhr und -verteilung ist der Vogt oder Sodmeister zuständig. Früher wurde die Sole mühsam mit einem Ziehbrunnen geschöpft, aber diese Zeit ist, Gott sei es gedankt, lange vorbei.»

Obwohl dem Sodmeister ganz offensichtlich der fremde Besuch nicht passte, begrüßte er ihn knapp.

Heinrich Timmermann nickte wohlwollend zu Jakobs Ausführungen und besah sich danach das Sitzungszimmer der Siedeberechtigten, der Ratsherren und Salzmeister, oben im Brunnenhaus. Prächtige Gemälde hingen über der getäfelten Wand, die die vielfältige Arbeit in der Saline darstellten.

Wieder draußen im nasskalten Wind, zeigte Jakob ihm die in einer Senke geschützt liegenden Siedehütten, fast schlossen die Strohdächer mit dem Erdboden ab. Auf hohen Stangen saßen vor jeder Hütte Figuren aus getriebenem Kupfer, Menschen, Tiere und seltsame Fabelwesen, sie steckten mitten in Rauch und Dampf, und manch eines von ihnen schien in der Luft zu schweben.

«Sie zeigen an, wem die Siedegerechtigkeit der Hütte obliegt, und oft sieht es auch aus, als ob sie Wache hielten. Seht Ihr, der Stab vor meines Vaters Hütte trägt einen Brunnen.»

«Nomen est omen», kommentierte Heinrich Timmermann.

Jakob fuhr mit seinen Erklärungen fort. «Firstsäulen und Rahmen der Hütten sind aus bester Eiche, die anderen Teile aus Kieferstämmen geschlagen. Angelehnt an die Hütten, seht Ihr, dort sind die Schuppen mit dem Holz für die Öfen. Von hier aus wird es auf die Dachböden der Hütten gebracht, wo es im aufsteigenden heißen Rauch trocknet. Auch für das Holz trägt ein Vogt die Verantwortung. Wir beziehen es fast ausschließlich aus den Mecklenburgischen Wäldern; die Umgebung gibt kaum noch Holz her, da wächst nur noch Heide.»

Schon während sie die Brinck'sche Hütte betraten, überfiel den Gast vom Rauch ein Hüsteln und Krächzen. Auch Jakob begann zu husten, trotzdem redete er weiter, während sie in Qualm und Dampf verschwanden und die Hitze sie wie eine Decke umhüllte.

«Innen sind die Hütten durch eine Wand aus Stein unterteilt, an der auf der einen Seite, hier, die Öfen liegen. Auf jedem werden vier Pfannen unter Feuer gehalten. Auf der anderen Seite, das ist der Kolk, der Vorratsbehälter für die Sole, sie wird mit großen Kummen herausgeschöpft. Dort ist die Pumpe, dort die Koren oder das Schiff, der Lagerplatz für das frisch gesottene Salz. Aber das seht Ihr ja mit eigenen Augen», sagte Jakob hustend, schwitzend und mit tränenden Augen.

Dem Sieder in seinem Leinenkittel vor der Salzpfanne passten die Besucher ebenfalls nicht, sie störten den Ablauf. Aber er ertrug sie mit einem verschlossenen Gesicht, das eingerahmt war von einer leinenen Kapuze, und rakte weiter unablässig das Salz in der Pfanne. Ebenso gekleidet wie er war die kleine, krumme Frau, die unentwegt die Glut des Ofens mit frischem Holz anfachte oder durch Zusetzen der Züge eindämmte und auf flinken Füßen hin und herlief, ohne sich in der Arbeit aufhalten zu lassen, ja sie stieß sogar mehrmals mit ihrem Holzbündel an den beleibten Lübecker Herrn, der sich sofort mit den Händen das Beinkleid abputzte und gleich darauf mit seinem Taschentuch den Schweiß von der Stirn wischte.

«In die vier Pfannen wird die Sole geschüttet, dann erhitzt und gesotten, bald zwei Stunden lang. Übrig bleibt das reine Salz, es kristallisiert aus.»

Heinrich Timmermann steckte kurz seinen Finger in die Haufen und prüfte die Qualität mit der Zungenspitze.

«Am Tag macht der Sieder die Arbeit», erklärte Jakob, «und in der Nacht nennen wir ihn den Söder. Den einzelnen Siedevorgang nennen wir Sod, den Salzertrag einer Siedung ein Süß, die einmalige Füllung aller Pfannen in einem Haus ist ein Sal.»

«Und wie viel Salz kommt an einem Tag so zusammen?», fragte Timmermann.

«Drei Süß sind ein Rump, ein Rump sind zwei Scheffel, so viel kann gerade ein Mensch tragen. Oder anders, die Tagesleistung aller Pfannen beträgt im Mittel fünf bis sechs Tonnen besten Salzes.»

Ein missbilligender Blick des Sieders traf ihn. Jakob bemerkte sehr wohl, dass Besuch und Plaudern hier nicht willkommen waren, aber er hatte ja das ausdrückliche Mandat seines Vaters, dem Gast die Saline zu zeigen.

Er wies zum Ausgang. Gebückt von der schweren Last, trugen Frauen und größere Kinder das Salz in Kiepen aus der Hütte.

«Sie schütten es in einen mit Laken ausgeschlagenen Wagen, und der bringt es zu den Speichern in der Stadt», erläuterte Jakob, «wo es abgemessen und abgefüllt wird in unsere Lüneburger Tonnen und, so Gott will und der Handel es zulässt, auf die Reise geht. Auf Schiffen oder Wagen, in weit entfernte Länder.»

«Wo es die wunderbaren Ostseeheringe haltbar macht», fügte Heinrich Timmermann an.

Und Jakob beeilte sich mit einem Nachsatz. «Wenn es denn wirklich Lüneburger Salz ist. Denkt nur, immer öfter wird billiges, minderwertiges Baiensalz vom Atlantischen Ozean in Lüneburger Tonnen umgefüllt und teuer verkauft! Das wird uns immer mal wieder zugetragen, aber wir haben die schwarzen Schafe schon von den Lieferungen mit unseren Tonnen ausgenommen!»

«Das ist ja unglaublich!», entrüstete sich Heinrich Timmermann, schob noch ein «verfluchtes Räuberpack!» hinterher und bekräftigte seine Empörung mit einem Hustenanfall, der sein Gesicht rot anlaufen ließ.

Damit war die Führung beendet. Jakob begleitete den Gast fürsorglich in die Herberge. Auf dem Weg dahin teilte ihm Timmermann mit, dass er ganz und gar nicht abgeneigt wäre, Brinck'sches Salz in größeren Mengen zu beziehen. Er würde mit dem verehrten Herrn Vater, dem Ratsherrn Lambert Brinck, verhandeln, dessen Sohn – hier bedankte er sich bei Jakob noch einmal für die Führung – ihm so anschaulich alles gezeigt habe. Er werde also baldigst den Vertrag über die Lieferung der Tonnen entwerfen, Lüneburger Tonnen, betonte er noch einmal nachdrücklich, aber nun wolle er so schnell wie möglich für einen Mittagsschlaf unter die Federn kriechen, damit ihn nicht eine Infektion der Atemwege heimhole. Er verabschiedete sich wortreich und verschwand in der Herberge «Zum Schwan». Jakob ging auf den Markt am Sande zu. Der Vater würde ihn loben für die Betreuung des Gastes, dessen war er sich gewiss. Zufrieden lief er zwischen den Ständen der Händler hindurch. Da sah er sie.

20.

Das Herz schlug ihm bis unter die Haare. Das Blut färbte seine Haut rot. Er sah das verfrorene Gesicht unter dem Schäferhut, eine Narbe, die er zum ersten Mal an ihr wahrnahm, die sich von der Schläfe abwärts am Ohr entlang bis zum Hals zog, die schwarzen Haare fielen darüber. Sie hielt in ihrer linken Hand die geöffnete Hand einer jungen Frau, mit den Fingern ihrer rechten zog sie die Linien darin nach.

So also hatte sich auch Lene die Hand lesen lassen, die darüber in Verzweiflung geraten war, weil sie fest an derlei Unsinn glaubte. Wahrscheinlich war es der Kerl neben der Schwarzhaarigen gewesen.

Der Schäfer stand in einen weiten Umhang gehüllt, über den lange filzige Haare hingen. Er bot gegerbte Felle feil, seiner Haarfarbe nicht unähnlich. In der einen Hand hielt er einen offenen Filzhut, in der anderen den Stab. Ein schwarzer Hund bewachte den Karren, auf dem die Felle lagen. Mit seinem großen Mund im winterbleichen Gesicht sang der Schäfer von den drei Reitern, ein Lied, das zur Zeit sehr beliebt war.

«Es waren einmal drei Reiter gefangen,
gefangen waren sie;
sie wurden gefangen und geführet,
kein Trommel ward dabei gerühret
im ganzen Römischen Reich.
Und als sie wohl auf die Brücken kamen,
was begegnete ihnen allda?

Ein Mägdlein jung an Jahren,
hatte schon viel Leid erfahren.
«Geh hin und bitte für uns!»

Jakob tat, als wolle er die Felle prüfen. Er strich über die lichtgraue Wolle, wendete ein Fell zur gelblichen ledernen Seite, nahm es in die Hand. Dem Schäfer dauerte das alles zu lang, er beugte sich zu Jakob.

«Das Mägdlein, ja, was tat es nun?
Ha, jetzt lass ich wohl meine Stimme ruhn,
bis ihr gleich auf der Stell',
ohne zu zaudern, gekaufet ein Fell!»

Es war nicht nur der Schäfer, der sang, es waren Esel, die schrien, Hühner, die gackerten, Frauen mit durchdringenden Stimmen, die ihre Waren lauter ausriefen als die Männer, Kindergebrüll, Marktgefeilsche und Marktgekeife von Bürgerinnen und Mägden. Dazu Glockengeläut, Hundegebell, Katzengeschrei und Karrengedröhn.

Sie sprach leise, er konnte sie im Lärm des Marktes nicht verstehen. Zumal Josef wieder zu singen anhub, vom Mägdlein, das zum Kommandanten um Gnade bitten ging, wobei er vor der Antwort wieder sein Singen unterbrach.

Schluchzend zog die junge Frau ihre Hand fort. Margrieta griff sie noch einmal, sagte etwas, worauf die junge Frau lachte, ein Geldstück in Margrietas geöffnete Hand gleiten ließ und davonschwebte.

Jakob schob seine Haare über die Wangen, versteckte sein Gesicht unter dem Hut und reichte ihr seine rechte Hand.

Gleich würde er ihr sagen, welch Unheil mit derlei törichten Voraussagen verbunden sein kann, das nahm er sich vor. Sie griff nach seiner Hand, ohne ihn anzusehen, spreizte die Finger auseinander und strich sanft über jede seiner Kuppen. Ihre Berührung setzte Blitze in ihm frei, Schläge jagten durch seinen Körper und verdichteten sich zu einem Schauder nach dem anderen, vom Nacken bis zu den Zehen, das ging so ohne Ende. Jakob verfluchte seinen Körper, der den Verlockungen einer zerlumpten Fremden gehorchte.

Mit ihrem Zeigefinger fuhr sie die Linien seiner Handfläche entlang, zog Kurven und Schlingen, verweilte auf Bergen und in Tälern, markierte Kreuze und Dreiecke, Buchstaben und Ringe. Erst als sie jede Linie, jede Falte, jeden Hügel und jeden Zwischenraum begriffen hatte, begann sie zu sprechen.

«Euch ist ein langes Leben bestimmt bis in das hohe Alter. Das Herz ist so stark wie der Kopf. Ihr werdet ein Kreuz in der Ehe haben, sie ist nicht von Dauer. Sieben Kinder sehe ich. Hier, Ausdauer, Atem, sucht es Euch aus. Weisheit im Alter. Ein schweres Unglück wird Euch heimsuchen, verbunden mit dreifachem Tod. Gute Gesundheit ist da. Der Venusberg hat einen starken Gürtel, ein großes Glück kommt, aber viel Zeit wird vergehen. Euer Antrieb ist schwach, ihr könnt ihn stärken. Der Mondberg ist kräftig. Hüten müsst Ihr Euch vor Eigensinn und Eigennutz. Eine lange, lange Reise. Sonne und Merkur sind stark, Saturn greift ein. Ihr werdet Euer Ziel erreichen, wenn Ihr an Euch arbeitet.»

Sie ließ seine Hand fallen und streckte ihm ihre wie ein Gefäß entgegen. Er holte eine große Münze aus seiner Tasche und legte sie hinein.

«Ich danke Euch auch vielmals, danke!», antwortete sie.

Ihre Stimme legte das Ende des Tauschhandels nahe: Ich geb Euch Auskunft, wer Ihr seid und wohin Ihr gehen werdet. Ihr gebt mir Münzen dafür.

«Ich glaube nicht an die Weissagung aus den Handlinien», sagte er. Seine Stimme hatte die Heiserkeit eines Menschen, der lange auf seinen Worten herumgekaut hatte, ohne den Klumpen auszuspucken.

Sie wischte den Einwand mit der Hand fort und zeigte auf die Felle. Das hieß ohne Worte etwa: Kauft ein Fell. Oder zwei, bitteschön. Meinetwegen auch drei. Der Winter ist lang. Und nur von Schnuckenfleisch allein können wir nicht leben.

«Woher kommst du?», fragte er.

Sie sah auf, und jetzt erst erkannte sie ihn wieder. «Was seid Ihr denn für einer?», fragte sie mit blitzenden Augen. «Einer, der mich, ohne mir einen guten Tag zu wünschen, zum zweiten Mal anspricht.»

Jakob fiel nichts anderes ein, als zu fragen, ob er ihr und dem Schäfer behilflich sein könne.

Sie öffnete ihren Mund und leckte sich die Lippen, bis sie glänzten. «Ich habe Hunger! Ihr seid erst der zweite heute. Und Felle liegen noch viel zu viel auf dem Karren. Gleich ist der Markt vorbei, und die Münzen reichen noch nicht einmal für das Marktgeld. Mehl haben wir auch keins mehr. Besorgt mir Brot, dann will ich antworten!»

Hunger hatte er auch, aber das war ein anderer. Den Hunger, den sie meinte, kannte er nicht. Für den war seine Mutter zuständig. Arme, die an ihre Tür klopften, ließ sie niemals ungespeist ziehen. Und es klopften viele in diesen Zeiten.

«Brot, ich hab Euch nach Brot gefragt.»

Margrieta formte mit den Händen einen Laib.

«Brot. Ja, ist gut. Warte hier auf mich.»

Als der Schäfer ihn davoneilen sah, lief ihm ein Lachen vom Kopf bis zu den Fußspitzen und noch einmal, etwas schwächer, wieder hinauf. Er hob seinen Hut an, dass der vorwitzig über den grauen Haaren schwebte, und begann vom Kommandanten zu singen, der die Reiter nicht begnadigen wollte.

«Ach nein, ach nein, wackeres Mägdelein,
das kann und darf nicht sein.
Die Gefangenen müssen sterben,
Gottes Reich sollen sie erben,
dazu die Seligkeit.»

Jakob war unterdessen über den Platz nach Hause gelaufen, wo er seine Mutter in der Küche antraf, wie sie gerade der Magd wegen eines zerbrochenen Tellers eine Standpauke hielt. Unweit von hier stünden bettelnde Kinder, log er, ob sie ihm ein wenig Brot geben könne. Während er wartete, besah er die Flächen seiner Hände.

Sonne und Merkur sind stark. Helios sieht alles auf der Erde. Merkur schreibt es mit seinem Griffel auf. Saturn greift ein. Gold und Quecksilber, schwer wie Blei? Kanonen? Krieg? Dreifacher Tod? Was für ein Unfug!

Magdalena legte zwei Hühnerbeine und Gebäck zum Brot in den Beutel. Es hatte sie gerührt und ihr Hoffnung gemacht, Jakobs neu erwachtes Mitgefühl für die Armen in der Stadt, um die er sich sonst nicht kümmerte.

Ohne einmal innezuhalten, aßen Margrieta und der

Schäfer alles auf. Die Hühnerknochen zerschlug er mit einem Stein und sog sie aus.

«Margrieta heiße ich», sagte sie, als sie fertig war.

Der Schäfer spuckte die Knochensplitter aus.

Sie stippte die Krümel mit ihrem angefeuchteten Finger aus dem Beutel. Und weil Jakob immer noch nicht ging, schob sie für den Wohltäter noch etwas nach.

«Aber Liena, meine Großmutter, hat mich Maja gerufen.»

Als er antwortete, war keine Verwunderung in seiner Stimme zu hören. Es sollte so sein, Gott lenkte die Geschicke der Menschen.

«Ein Stern der Plejaden heißt Maja.»

Ihr tiefes Lachen fuhr ihm in den Rücken.

«Ich kenn nur den Morgenstern, bevor die Sonne aufgeht. Und den Abendstern, bevor sie untergeht», sagte sie.

Er antwortete schnell.

«Beide sind die Venus. Sie ist der glänzendste aller Planeten, am Himmel nur sichtbar, wenn das Licht der Sonne morgens noch schwach leuchtet oder abends schon verloschen ist. Die Venus hat Phasen wie der Mond und ist der zweite von den fünf Planeten, die um die Sonne kreisen. Wir sind der dritte.»

Ein vergnügtes Lächeln erschien auf ihrem Gesicht.

«Ich hab mir so etwas schon an der Kirche gedacht.»

«Was hast du gedacht?», fragte Jakob.

Margrieta stieß erst mit einem Finger an ihre eigene Stirn, dann wies sie damit zu seiner.

«Dass Ihr ein Sterngucker seid, hab ich mir gedacht!»

«Ein Sterngucker?»

«Viele im Krieg sind so wie Ihr», sagte Margrieta, «daran gewöhnt man sich. Faseln vom Himmel, wenn sie schon in der Hölle brennen.»

«Aber du hast doch selbst die ganzen Planeten herbeizitiert, bei deiner Handleserei.»

«Was schert mich das Geschwätz von den Planeten. Ich weiß nicht einmal, wo sie am Himmel stehen», sagte sie.

Er wollte mehr wissen, sie weiter ausfragen, etwas erfahren von dem Krieg vor den Toren. Dass sein Äußeres für sie eine Grenze darstellte, schwer wie ein Zollbaum im Wasser, kam ihm nicht in den Sinn.

«Was zog sie aus ihrem Schürzelein?
Ein Hemd so weiß wie Schnee:
Sieh da, du hübscher, und du Feiner,
o du Herzallerliebster meiner,
das soll dein Sterbekleid sein»,

sang der Schäfer und blickte unverwandt und begehrlich auf Jakobs Beutel, bis der ihn öffnete und ein paar Münzen in den Hut warf.

«Der Herr darf sich ein Fell dafür aussuchen.»

Weil Jakob nicht gleich eins nahm, drückte der Schäfer ihm eins in die Hände, ein schönes mit Schwanz und Läufen.

«Was zog er von seinem Finger?
Ein goldenes Ringelein:
Sieh da, du Hübsche, du Feine,
du Herzallerliebste und du meine,
das soll dein Denkmal sein.
Was soll ich mit dem Ringlein tun,
wenn ich's nicht tragen darf?

Leg du's in Kisten und Kasten,
lass es ruhen, lass es risten und rasten,
bis an den Jüngsten Tag.»

Jede Begegnung nimmt einen Anfang und hat ein Ende. Das Ende bestand darin, dass Jakob mit dem Fell in den Händen Margrieta anstarrte und den Schäfer fragte, wo sein Stall sei.

«Draußen im Nordwesten der Stadt, bei Ochtmissen», sagte der Schäfer. «Und wenn der Frühling kommt, ziehe ich wieder mit den Schnucken los.» Er legte sich den Strick seines Karrens über die Schulter und forderte Margrieta auf, es ihm gleichzutun. Sie zog mit ihm davon.

«Und wenn ich über Kisten und Kasten komm
und seh das Ringlein an,
das Herz möchte mir zerbrechen,
selbst möchte ich mich erstechen,
weil ich's nicht ändern kann!»

Nur einmal drehte sie sich um. Da wusste er, er würde sie wieder treffen. Die Felle waren nicht alle verkauft, und Markt gab es in jeder Woche. Er sah ihr nach, bis das Lied des Schäfers vom Lärm der vielen Menschen verschluckt wurde, Wörter, die sich kreuz und quer über dem Sand verwirbelten und zusammen mit dem Geblöke und Gewieher in den Himmel stiegen.

Das Fell legte Jakob einer gebückten alten Frau um die Schultern, die unter dieser Last schier zusammenbrechen wollte, sie gleich darauf mit krummen Fingern festhielt und schnell das Weite suchte, bevor sie ihr wieder genommen wurde.

Geh los, Jakob, sagte der Sand unter seinen Füßen. Brich auf, ehe es zu spät ist, riefen die Glocken von St. Nikolai. Was hält dich hier, fragten die Backsteine der Häuser. Komm mit, murmelte die Ilmenau.

Ich werde nach Prag gehen. Schüler bei Johannes Kepler werden und lernen, lernen, lernen. Und dann wird auch die törichte Fremde in meinem Kopf verblassen. Und Lene kann zu den Schwestern gehen, dann ist sie ihre unsinnige Furcht vor dem Tod im Kindbett ein für alle Mal los. Ich werde mit Vater reden. Und er wird mich verstehen, bestimmt. Ich muss es nur geschickt einleiten. Denn wie jeder Vater möchte er stolz auf seinen Sohn sein. Und das soll er auch.

Aus den Aufzeichnungen des Jakob Brinck

Planeten (Wandelsterne, Irrsterne, griech. Planetes, umherwandelnd)

Himmelskörper, die sich um sich selbst drehend in kreisähnlichen Bahnen um die Sonne bewegen und von dieser beleuchtet werden. Ob außer der Sonne noch andere Fixsterne von Planeten umkreist werden, ist nicht bekannt. Man erkennt sie mit bloßem Auge an ihrem ruhigen Lichte, nur Merkur funkelt.
Nach dem ptolemäischen System im Altertum bildeten Sonne, Mond, Merkur, Venus, Mars, Jupiter und Saturn die Siebenzahl der Planeten, die um die Erde kreisen. Dieses geozentrische System wurde von Kopernikus als Irrtum erkannt und durch das heliozentrische abgelöst. Die Erde ist in das Planetensystem eingefügt und umkreist mit ihnen die Sonne. Auf ihrer Bahn nimmt sie als Nebenplaneten den Mond mit. Den Ägyptern galten die Planeten als Gottheiten, und die Römer benannten nach ihnen die sieben Wochentage.

21.

Am Himmel stand milchweiß der Mond, nicht viel kleiner als die Sonne, die um diese Jahreszeit noch wenig Wärme gab. Im Januar hatte der Frost kurz nachgelassen, der Schnee war an den Südhängen des Kalkbergs geschmolzen und nur an den Nordhängen liegen geblieben und verharscht. Jetzt war der Frost zurückgekehrt und gab Jakob eine klare Sicht auf den Himmel, die Stadt und das Land ringsum. Und klare Sicht brauchte er, um seine durcheinander geratenen Gedanken in ihre eigene Ordnung zu bringen und nicht in die seiner Eltern. Obwohl beide dafür unterschiedliche Begriffe benutzten, meinten die Eltern das Gleiche. Für die Mutter war es das Schicksal, dem niemand im Leben entrinnen könne, der Vater nannte es klar und deutlich die Pflicht, der zu gehorchen war. Und beide gemeinsam sprachen gern vom Kelch, der den Menschen bestimmt war auf Gottes Weisung hin, wie Jesus es zu Petrus gesagt hatte. Aber Jakob wollte nicht.

Er dachte nur, es geht um euch, nicht um mich. Es geht um eure Nachfahren. Ich will den Kelch nicht. Ich will mich nicht im Ehebett verschwenden müssen, will mich aufsparen für etwas anderes, viel größeres als den Trieb, den ich nachts mit meinen Händen fühle. Dafür brauche ich keine leibhaftige Frau. Und Lene Andresen schon gar nicht.

Er spürte, wie die Entschlossenheit in ihm wuchs. Gut möglich, dass er nach diesen Gedanken einfach davongegangen wäre, obwohl die Fremde sich aus der Lade, in der er sie versteckt hatte, schon wieder vor seine Augen schlich. Erst hinkte sie noch, dann schritt sie aufrecht vor ihm her wie eine Königin. Und er lief ihr nach. Gut möglich trotzdem, wenn ihn nicht unversehens diese wundersame Himmelserscheinung überrascht und erschreckt hätte.

War es eine Sinnestäuschung?

Vor dem hellen blauen Himmel stand tief im Süden die kalkweiße Sonne. Sie war umgeben von einem kleineren und einem größeren Kreis und ganz außen von einem strahlenden rotgelben Kranz, der an den Rändern grünlich blau flimmerte. Genau durch ihren Mittelpunkt schob sich ein leuchtender, horizontaler Streifen, der an beiden Seiten weit über ihre Scheibe hinausragte. Auf den Schnittpunkten von Streifen und Kreisen schwebten zwei kleinere Sonnen, auch sie umgeben von leuchtenden Farben, die sonst nur ein Regenbogen trug.

Jakob rieb sich aufgeregt die Augen, er blinzelte und sah wieder nach oben.

Immer noch drei Sonnen! Waren es Monde? Eben aus der Glut geworfen? Würden sie verglühen und kreisen wie die Planeten oder wie der Mond um die Erde?

Er schlug seine Hände vor die Augen, drehte sich mehrmals um seine Achse, wie einer, der den Veitstanz hat. Als er die Hände herunternahm, stand nur noch die eine kalkig weiße Sonnenscheibe am blauen Himmel, aber die drei Sonnen hatten sich in seine Augen gebrannt.

Der verharschte Schnee knackte unter jedem seiner Tritte. In seiner Nase froren die Härchen, sie raschelten bei jedem Atemzug. Aufgescheuchte Hasen sprangen im letzten Moment vor ihm davon. Tief in den Spalten der Erde hockten die Mäuse in ihren Nestern neben verschleppten

Haselnüssen. Magere Raben lauerten neben Krähen auf Beute, Bussarde kreisten vergebens in der Luft. Jakob lief den Berg hinunter, fest entschlossen, seinen alten Lehrer aufzusuchen. Das Geröll des Weges flog vor ihm her, es kullerte bis in die Stadt.

Die Hilfeschreie kamen von der Ilmenau her. Ein Kind trieb in dem Loch, das die Brauerknechte geschlagen hatten. Das Kind schlug um sich. Es schrie, Wasser spritzte auf. Jakob schlitterte die Böschung hinunter und rutschte bäuchlings auf das Loch zu. Er streckte seine Hände nach dem Kind aus, gerade als es unter den Eisschollen verschwand, und zog es schwer atmend heraus. Ein kleines Bündel, nass und ohne Regung. Jakob riss es an den Beinen hoch und hielt es kopfüber. Ein Wasserschwall brach aus seinem Mund hervor, es hustete und würgte. Jakob legte es sanft auf das Eis, zog seinen Umhang aus, wickelte das Kind hinein, hob es auf und drückte es an sich.

«Tönnies?!», fragte er verwundert, als er in das totenblasse Gesicht geblickt hatte.

Das Haus des Sodmeisters war nicht weit entfernt. Klein und einstöckig, eine schmale Tür darin mit einem eisernen Klopfer. Der Sodmeister rief entsetzt nach seiner Frau, als er Jakob und sein lebloses Kind sah.

«Heiliger Gott im Himmel, erbarme dich», schrie die Mutter. Sie riss dem Jungen die nassen Sachen herunter, wickelte ihn in eine Decke und trug ihn in sein Strohbett in der Wand. Der Vater kam und gab ihm Salzwasser zu trinken. Der Junge schluckte und würgte, sein weißes Gesicht färbte sich rot. Dann legte die Mutter ihn hin, deckte ihn zu und holte das Salzfass. Sie nahm einen Löffel voll und schüttete ein Häufchen auf das Holz des Fußbodens.

Der Vater bat Jakob in die warme Stube. Der spürte erst jetzt die Eiseskälte in seinen Kleidern. Er lehnte sich an den Kachelofen. Es dampfte. Zu seinen Füßen tränkte das Wasser den Fußboden, er wurde schwarz.

Der Mund des Sodmeisters floss über vor Dank. Er bat um Verzeihung, dass er noch nichts angeboten hätte, dann lief er wieder davon zu seinem Kind. Die Frau des Sodmeisters kam, und auch sie floss über vor Dank, auch sie bat um Vergebung, dass sie nichts angeboten hatte, dann lief sie wieder in die Kammer. Die fünf weiteren Kinder des Sodmeisters steckten die Nasen zur Tür herein. Voll Ehrfurcht betrachteten sie Jakob. Die Frau des Sodmeisters kam zurück, einen Krug heißen Saft aus Quitten und einen Becher in den Händen.

Jakob trank davon und bedankte sich.

«Er schläft», sagte der Sodmeister, der jetzt hereinkam.

«Gott hat Euch im richtigen Augenblick an die Ilmenau gehen lassen», murmelte die Frau des Sodmeisters.

Der Sodmeister verschwand noch einmal und brachte Jakob trockene Kleidung von sich.

«Wir danken Euch aus vollem Herzen», sagte der Sodmeister. «Und wenn der Junge wieder gesund ist, bekommt er eine ordentliche Tracht Prügel. Es war ihm bei Strafe verboten, auf die Ilmenau zu gehen.»

«Schlagt ihn nicht zu sehr», bat Jakob, «er ist ja noch ein Kind. Schlagen schüttelt den Kopf durcheinander, der Kopf aber braucht Klarheit für das Leben, das vor ihm liegt.»

Die Eltern sahen Jakob an und überhörten in ihrer Dankbarkeit die weltfremden Ansichten des Jünglings. Schlagen? Das gehörte doch dazu, wenn Kinder da waren.

«Wenn Ihr mal einen guten Rat oder Hilfe braucht», sagte der Sodmeister, «dann kommt zu mir. Ich werde stets offene Ohren für Euch haben. Aber hütet Euch in Zukunft vor fremden Händlern wie diesem Dicken da. Die wollen nichts anderes als die Saline ausspionieren.»

«Ausspionieren?», fragte Jakob verwundert.

«Man weiß nie», sagte der Sodmeister. «Die Zeiten sind schlecht, sie spülen Gesindel nach oben. Da sucht so mancher Räuber in Samt und Seide seine Opfer heim.»

«Ein ehrenwerter Händler aus Lübeck?»

«Nichts für ungut», sagte der Sodmeister. «Ich wollte es Euch ja nur gesagt haben.»

Der Junge lag unter einem dicken Federbett, zugedeckt bis an die Nase, seine Augen waren offen, aber er regte sich nicht.

«Tönnies», fragte Jakob, «bist du unter die Sterngucker gegangen und hast nicht auf den Weg geachtet?»

«Lasst uns beten», sagte die Mutter und faltete die Hände.

«Allmächtiger Gott, Herr über Leben und Tod, wir flehen zu dir für dieses kranke Kind. Lass es genesen, dass es aufwachse zu deiner Ehre und dir diene. Hast du es aber anders beschlossen, so nimm dieses unser Kind auf in dein himmlisches Reich und vollende an ihm den Ratschluss deiner Liebe. Amen.»

«Bin ich nun bei den Engeln?», flüsterte das Kind.

«Nein», antwortete Jakob leise. «Du bist nur einmal zu den Sternen geflogen, aber die Engel haben dich zurückgeschickt.»

Er sah auf das Häufchen Salz am Boden. Es war trocken. Tönnies würde am Leben bleiben. In Jakobs Körper breitete sich Wärme aus und verlieh ihm Flügel.

Vom Haus des Sodmeisters bis zur Ilmenau war das herabgetropfte Wasser zu einer Spur gefroren, Jakob konnte noch die Abdrücke seiner Füße sehen.

Waren die zwei kleinen Sonnen ein Wink des Himmels gewesen? Nur für ihn? Damit er zum Lehrer eile und Tönnies rette?

Ein dumpfes Grollen, mehrmals hintereinander, lief über die Stadt. Kanonen krachten. Hinter den Mauern flammte es auf. Rauch verfinsterte den Himmel. Zeigte die zweite Sonne den Krieg? Und die dritte, die große? Wofür stand ihre kalte Glut? War er der Einzige, dem sie sich gezeigt hatten?

Über diesen Grübeleien war er am Haus des Lehrers angekommen und klopfte. Die alte Schwester öffnete ihm. Ihre hagere Gestalt, gezeichnet von der Last eines langen Lebens, krümmte sich hinter der Tür. Er fragte höflich um Erlaubnis zu einem kurzen Besuch. Sie sah ihn von oben bis unten an, die Kleidung des Sodmeisters, die nassen gefrorenen Haare, und gab ihm zu verstehen, dass dies nicht der richtige Zeitpunkt sei, und schloss die Tür vor seiner Nase. Jakob klopfte noch einmal. Als die Schwester erneut öffnete, krächzte im Hintergrund der Alte schon nach ihm.

«Es sind Nebensonnen», erklärte er, froh über seinen jungen Gast, der ihm seine Beobachtung geschildert hatte.

«Sie treten nur bei niedrigstem Sonnenstande im Winter auf. Oft ist auch die Sonne von einem Ring umgeben, dem Horizontalkreis. Es könnte die große Kälte in der Luft sein, die diese Erscheinung bewirkt.»

Jakob wollte mehr wissen, aber der Alte verlor sich in

Erinnerungen an einen Wintertag seiner Kindheit, als er selbst eine Nebensonne erblickt hatte.

«Von Stund an wollte ich alles über den Himmel wissen», schloss er seine Ausführungen freudig. Aber dann verdüsterte sich sein Gesicht. «Und nun sind meine Stunden gezählt, und ich habe noch nicht einmal durch ein Fernrohr gesehen.»

«Glaubt Ihr an Zeichen?», fragte Jakob.

Der Alte schüttelte den Kopf. «Nie und nimmer!»

Die Glocken der fünf Kirchen begannen mit mächtigem Klang zu läuten. Schnell wie ein Feuer lief die Kunde durch die Stadt. Bardowik, das Dorf mit dem Kloster, brannte, dreißig Häuser waren schon in Flammen aufgegangen. Das Heer von Mansfeld bewegte sich auf die Elbe zu. Lüneburg hatte der Krieg wieder einmal verschont.

22.

In den ersten Tagen des Jahres waren einige Arbeiter der Siedehütten an der Pest gestorben, andere lagen krank danieder. Die Krankheit schien wieder auf dem Vormarsch zu sein, wie üblich wütete sie besonders heftig in den Armenvierteln.

Lambert Brinck wies seine Familie und die Bediensteten zu äußerster Sauberkeit an. Nicht nur vor und nach dem Essen mussten die Hände gewaschen werden, auch, wenn anderen die Hand gegeben worden war, nach einem Gang durch die Stadt, nach dem Gottesdienst und nach dem Gang zum Abtritt sowieso. Das Trinkwasser aus der Quelle wurde auf dem Herd in der Küche abgekocht, und die Waren, die Magdalena und die Mägde vom Markt heimbrachten, wurden stets kurz gebrüht. Diese Maßnahmen schienen zumindest ein wenig Schutz zu bieten. Die unheimliche Seuche, der nicht nur die Armen erlagen, machte Lambert Brinck zu schaffen, als Ratsherr fühlte er sich auch verantwortlich für die Gesundheit in der Stadt. Dass sie jetzt schon zum Ende des Winters auftrat, steigerte seine Besorgnis wie auch die des übrigen Rates. Man hatte beschlossen, den Armen stärkende Lebensmittel zukommen zu lassen, Milch und Fleisch. Nachdem aber nun der Pastor und sieben seiner Kinder verstorben waren, wurde die Angst immer größer. Die Fürbitte in den Kirchen schien nichts zu bewirken, sonst hätte die Pest doch den Geistlichen nicht dahingerafft.

Solcherart Sorgen also beschäftigten Lambert Brinck, sodass er recht erfreut war, als er durch den Sodmeister von der Rettung des kleinen Tönnies erfuhr. Jakob selbst hatte nichts davon berichtet. Die Tat stimmte Lambert mild seinem Sohn gegenüber, mit dem er auf Anraten von Magdalena ein ernstes väterliches Gespräch führen wollte.

Aber die Sorgen sollten durch das Gespräch nicht verschwinden, im Gegenteil, sie sollten noch vermehrt werden.

Die tief stehende Sonne leuchtete das Kontor aus. In warmem Braun schimmerten die Holzwände, ihre Verzierungen warfen scharfe Schatten.

Er begreife es nicht, hatte Lambert Brinck die Aussprache mit Jakob begonnen, dass der sich gegen eine baldige Verheiratung sperre. Er sei ja nun mal verlobt, da dürfe der Ehestand nicht allzu lange auf sich warten lassen. Im nächsten Jahr sei der Krieg ohnehin vorbei, so viel Söldner gebe es gar nicht, dass immer neue Heere aufgestellt werden könnten, und dazu die Pest. Und so viel Kredit gebe es auch nicht, wie allein für die Anwerbungen gebraucht werde. Der kriegsbedingte Einbruch auf dem Salzmarkt sei inzwischen beträchtlich und der Handel müsse wieder Wind unter die Segel bekommen. Dazu brauche es alle Kraft und Reisen zu den Handelszentren im Osten und Norden. Die Reisen, und damit kam er zu dem, was er sagen wollte, die solle Jakob übernehmen, dazu sei die Zeit bis zur Hochzeit im Mai gerade recht, ohnehin eine Zeit der Bewährung. Er habe es ja bei Heinrich Timmermann bewiesen, dass er zum Verhandeln imstande sei. Nun müsse sich der nur noch entscheiden, ein Brief sei bereits durch einen Kurier an ihn gesandt worden.

«Du weißt dann», betonte Lambert, «wofür du arbeitest, und ich, dein Vater, könnte mich langsam aus dem Geschäft zurückziehen. Also, wie stehst du dazu?»

Er sah seinen Sohn erwartungsvoll an.

Jakob ordnete die Papiere auf dem Tisch. Er legte die Feder ordentlich zur Seite und steckte den Holzpropfen auf das Tintenfass. In seinem Kopf kreiste, was er bisher weder dem Vater noch der Mutter angekündigt hatte, nun hatte er die ersehnte Gelegenheit dazu. Jakob wusste, Worte können besänftigen, wenn sie sorgsam gewählt und in wohlgestaltete Sätze eingebunden werden. Aber ob seine Worte den Vater erreichen würden, das stand noch in den Sternen. Trotzdem versuchte er es mit einer Ernsthaftigkeit, die der Wahrheit sehr nahe kam. Es war ein Versuch, den Vater durch Offenheit und Vertrauen für sich zu gewinnen.

«Vater, ich bitte dich in Gottes Namen, mir noch ein Jahr Zeit zu geben. Ich möchte meinen Neigungen nachgehen, die, wie du weißt, in eine andere Richtung laufen, als du es wünschst. Sollte ich dann zu der Erkenntnis gelangen, dass mein Platz hier der richtigere ist, wie auch der Platz an Lene Andresens Seite, werde ich mich mit all meiner Kraft dem Salz und dem Handel widmen, so, wie du es all die Jahre für uns, für deine Familie getan hast.»

Im Gesicht des Vaters zeigte sich keine Regung. Jakob versuchte ein Lächeln, das ihm kläglich misslang.

«Als Vorbild, Vater, ja, so sehe ich dich, und ich weiß dieses Vorbild wohl zu schätzen.»

Lambert Brinck setzte sich aufrecht hin. Ein kaum hörbarer scharfer Ton schwang in seiner Stimme, als er mit steifen Worten zu einer Antwort ansetzte.

«Es ehrt mich, was du da ausführst. Sprich weiter und sag mir, welcher Art deine Neigungen sind.»

In Jakobs Kopf kreisten die Gedanken. Vielleicht stellt er mir eine Falle, wie die Jäger es tun, wenn sie Gutes hineinlegen, um das für sie Böse heranzulocken. Er will also noch einmal hören, was er weiß? Obwohl er mir den Mund verboten hat? Nur nichts Falsches sagen. Nichts, was den Vater gegen mich aufbringen könnte. Aber die Gunst der Stunde nutzen, wenn es denn eine Gunst sein sollte. Gut, dann soll es sein.

Vorsichtig wählte Jakob seine Worte.

«Ich möchte herausfinden, ob das Ptolemäische System, das eintausendundvierhundert Jahre Bestand hatte, das einzig richtige ist, das zu verteidigen es gilt, oder ob nicht vielleicht Kopernikus mit seinem System von den Bewegungen der Himmelskörper Recht hat.»

Lambert Brinck sah seinen Sohn milde an und bat, ihm zu erklären, was es mit beiden Systemen auf sich habe.

Jakob wünschte ihm die ehrliche Anteilnahme glauben zu dürfen, doch es war wieder ein falscher Ton in der Stimme gewesen, der ihn auf der Hut sein ließ.

«Du weißt», begann er, «Claudius Ptolemäus aus Alexandria in Ägypten nannte es zu seiner Zeit das geozentrische System, und so wird es auch heute noch bezeichnet.»

Jakob warf einen schnellen Blick auf seinen Vater, der bedächtig nickte. Danach konzentrierte er sich nur noch auf seine Hände, mit denen er die Worte nachzeichnete.

Als Erstes formte er die runde Erdkugel.

«Inmitten des Weltenzentrums ruht die kugelförmige Erde.»

Als Zweites zog er einen großen Kreis von Osten nach Westen.

«Die Sonne ist an kristallene Sphären gebunden und

vollführt mit ihnen eine jährliche Kreisbewegung um die Erde innerhalb des Weltenzentrums.»

Als Drittes zog er einen kleines Kreis um die Kugel, die er noch einmal kurz formte.

«Der Mond wandert täglich und einmal im Monat, ebenfalls in einer Kreisbewegung, um unsere Erde.»

Als Viertes weitete er die Hände zu einem größeren Kreis und beschrieb eine Drehung von West nach Ost.

«Die Planeten bewegen sich auf eigenen Bahnen in eigenen kristallenen Himmelsphären, der Erddrehung entgegengesetzt.»

Als Fünftes beschrieb er noch einmal einen Riesenkreis.

«Um die Planetensphären legt sich die Fixsternsphäre, an die die Gestirne geheftet sind, die seiner täglichen Drehung folgen. All diese Kreise treibt das Weltrad an, die Urkraft der himmlischen Bewegungen.»

Jakob nahm seine Hände herunter. Wieder ein schneller Blick zu seinem Vater. Der hatte aufmerksam beobachtet und häufig genickt. Seine faltige Stirn hatte sich entspannt, seine Mundwinkel wiesen nach oben.

«Ich höre weiter», sagte er, eine kaum hörbare Anspannung jetzt in seiner Stimme.

Jakob stand auf. Er ging ans Fenster, sah kurz auf die Straße und drehte sich ins Kontor zurück. Sein Gesicht schien jetzt fahl im Dunkel des Raumes, die Haare trugen einen Sonnenkranz, der an den Rändern wie Feuer loderte. Hätte er sich selbst sehen können, dann wäre er sich wie eine vollkommene Sonnenfinsternis mit einer leuchtenden Korona erschienen, deren Ursprung er auf der Stelle hätte ergründen wollen. Nun, er war ja gerade auf dem besten Weg dahin, seinen Vater von seinem Berufswunsch zu überzeugen. Wieder also wählte er sorgsam seine Worte, diesmal kaum eine Bewegung des Körpers, der aber vor innerer Anspannung zitterte wie seine Stimme.

«Kopernikus erkannte dieses geozentrische System des Ptolemäus als ein überaus kompliziertes Gefüge mit vielen offenen Fragen. Es erklärt nicht die tägliche Bewegung des Himmels von West nach Ost, nicht die alljährliche Bewegung der Sterne von Ost nach West und nicht den eigentümlichen Lauf der Planeten von West nach Ost. Wollte man dies alles in einen Einklang bringen, hätte man mehr als sieben oder acht Kristallsphären gebraucht, durch die die Sterne schimmerten. Dabei ist alles so viel einfacher zu erklären.»

In den Zügen von Lambert Brinck gab es nur eine unmerkliche Veränderung. Die Augen verengten sich, und der Mund wurde ebenfalls schmal.

Jakob hielt sich mit seinen Händen am rückwärtigen Fenstersims fest, dann trug er weiter vor.

«Die Erde ist an die jährliche Kreisbewegung einer Sphäre gebunden und dreht sich einmal täglich um sich selbst. Diese Drehung hat die scheinbare tägliche Bewegung der Sterne zur Folge. Auf- und Untergänge der Sonne, der Planeten und des Mondes erklären sich durch die Drehung der Erde von Ost nach West. Die Erde läuft in einem Jahr um die Sonne, die ruhend der Mittelpunkt des Weltengewölbes ist. Wie die Erde kreisen auch die anderen vier Planeten um die Sonne.»

«Die anderen vier Planeten, soso», sagte der Vater.

«Mars, Venus, Jupiter und Saturn, aber es ist noch nicht erwiesen, ob es nicht noch weitere Planeten gibt. Erst das Fernrohr wird uns das Himmelsgewölbe weiter erschließen. Die Astronomen Galilei und Kepler haben schon große Erfolge damit erzielt. Diese Forscherarbeit erfordert viele Helfer und Beobachter, die sich in der Mathematik auskennen und mit der Astronomie beschäftigen.»

In der kurzen Pause, die Jakob zum Luftholen benötigte, wollte Lambert Brinck etwas erwidern, aber Jakob, dem die Worte gerade so richtig aus dem Mund flossen, sprach voller Begeisterung weiter, und er hätte wohl noch einige Zeit seinen Vortrag halten können, mit allem, was er wusste, wenn er bei seinen Ausführungen nicht an einem Punkt angelangt wäre, der den Vater in aufrichtigen Zorn versetzte.

«Kopernikus nannte es das heliozentrische System, und ich, Vater, neige dazu, mir diese neuartige Sicht auf das Himmelsgewölbe zu Eigen zu machen. Mein Ziel ist es, für ein Jahr nach Prag zu gehen, um bei Johann Kepler und seinem Assistenten Tycho Brahe die Astronomie zu studieren.»

Lambert Brinck schlug mit der Faust auf den Tisch. Auf dem Kaminsims klirrten die Gläser.

Jakob krallte sich am Fensterbrett fest. Es zähle für den Vater nicht, schoss es ihm durch den Kopf, dass er selbst ihn aufgefordert hatte, die beiden Systeme darzustellen. Jetzt war er durch seine Ausführungen tatsächlich in die Falle getappt. Er hatte sich offenbart und der Gnade des Vaters voll und ganz ausgeliefert.

Lambert Brincks Stimme zerhackte die warme Luft im Kontor, als er seine Worte hervorstieß, Satz für Satz, mit bedeutungsschweren Pausen, als hätte er diese Rede lange einstudiert, nur auf den richtigen Augenblick wartend.

«Dieser Herr Kopernikus lässt also die Erde um die Sonne kreisen und macht sie zu ihrer Dienerin?»

Jakob nickte kaum merklich.

«Welche Sünde gegenüber Gott, der die Erde am ersten Tag erschaffen hat!», sagte Lambert Brinck; das Wort «Sünde» brüllte er fast.

«Dieser Herr Kopernikus verbietet der Sonne ihren Lauf und heißt sie nur noch still am Himmel stehen? Und die Sterne verbannt er aus den Sphären?»

Jakob wagte nun gar nicht mehr zu nicken.

«Welche Anmaßung gegenüber Gott, der die Lichter des Tages und der Nacht am dritten Tag erschaffen hat!»

Wie Lots zu einer Salzsäule erstarrtes Weib stand Jakob jetzt am Fenster und ließ die barschen Worte des Vaters über sich ergehen.

«Ich sage dir, das war keine kühne Tat, wie die von Martin Luther, der die christliche Lehre mit seinen neuen Thesen reformierte! Dieser Herr Kopernikus wollte unsere heilige Weltordnung zerschlagen und die Macht Gottes anzweifeln! Aber nur Gott vermag Sonne, Mond und Sterne zu lenken, nur er kann ihnen gebieten, am Himmel zu gehen oder stillzustehen. Das alles ist nichts weiter als eine schmähliche Verleugnung der Bibel! Und dieser Ketzerei willst du dein Leben widmen?! Du, mein Sohn?!»

Lambert Brinck sprang erregt auf, zog eine hohe Lade aus dem Schrank an der Wand hervor und nahm ein schmales Buch heraus, durch häufigen Gebrauch zerfleddert.

«Soll ich dir vorlesen, was Martin Luther dazu meinte?»

Er ging ans Fenster, blätterte in dem Buch bis zu der Seite mit einem Lesezeichen, hielt sie ins Licht und las mit spottender Stimme: «Es ward gedacht eines neuen Astronomen, der wollte beweisen, dass die Erde bewegt würde und umherginge, nicht der Himmel oder das Firmament, Sonne und Mond. Dieser Narr namens Kopernikus will die ganze Kunst Astronomie verkehren.»

Er legte das Lesezeichen sorgfältig wieder zwischen die Seite und klappte das Buch zu, stellte es zurück in die Lade, setzte sich aufrecht an den Tisch und wartete.

In diesem Augenblick größter Anspannung holte Jakob Glücksspieler aus seiner Erinnerung hervor, wie er sie einmal auf dem Markt gesehen hatte, und so wie sie wollte er im richtigen Moment alles auf eine Karte setzen, das Blatt noch einmal zu seinen Gunsten wenden, das ihm nicht die Zeit stehlen, sondern sie ihm geben sollte.

«Vater, ich bitte dich, hör mich an. Es ist uns Menschen im letzten Jahrhundert ein neuer Geist erwachsen, ein Geist, der auch die Reformation Martin Luthers erst ermöglichte. Eine ernste Forschung hat begonnen, deren Grundlage die Erkenntnis von nicht zu leugnenden Tatsachen darstellt, die Luther heute gewiss nicht mehr anzweifeln würde.»

«Schluss damit!», brüllte Lambert Brinck. Sein Gesicht war krebsrot angelaufen. «Schluss damit! Deine Aufgabe im Leben ist es, unser Geschäft und unsere Linie weiterzuführen, wie auch ich es ohne Murren als Nachfolger meines Vaters getan habe. Aber wer ist mein Sohn? Ein Phantast! Und was ist mein Sohn? Ein Narr, der gegen die Heilige Schrift ausziehen will!»

Lambert Brinck sprang mit einer Heftigkeit auf, dass der schwere Tisch sich quietschend unter seinen Händen verschob. Seine Stimme überschlug sich und nahm einen hohen, schrillen Ton an, wie Jakob ihn nur von seiner Mutter kannte.

«Und wohin will mein Sohn? Nach Prag! In diese unselige Stadt Prag, wo der Kampf der böhmischen Reformierten um ihren Glauben begonnen hat, den die Papisten mit teuflischer Grausamkeit niederschlugen. Wo sie immer noch plündern und morden und mit Gewalt die Bürger und alle Stände rekatholisieren!»

Lambert Brinck packte seinen Sohn mit beiden Händen an den Schultern und schüttelte ihn.

Jakob war es, als kippten alle Laden in seinem großen Haus durcheinander und ihr Inhalt fiele auf die Erde. Die Gedanken zerplatzten mit scharfem Knall in einzelne Buchstaben, die keine Wörter und keinen Sinn mehr ergaben. Die Falle war zugeschnappt. Er war in Stummheit gefangen wie ein Tier. Aber jedes Tier würde sich gegen das Gefangensein wehren und kratzen und beißen. Er stieß seinen Vater heftig zurück.

Lambert Brinck ließ ihn sofort los. Schwer atmend starrte er seinen Sohn an.

«Du wirst in der Saline arbeiten. Du sollst Sole schöpfen und zusammenraken, du sollst Salz atmen und Salz schwitzen, bis du durch das Salz gereinigt und zur Besinnung gekommen bist!»

Jakob versuchte eine Erwiderung zu finden, aber die Worte lagen zerschmettert am Boden.

Lambert Brinck musste nicht nach Worten suchen.

«Mit einem ungesalzenen Narren wie dir werde ich kein Gespräch mehr führen, bis du dir der alten Werte bewusst geworden bist und den ketzerischen Ideen dieses Herrn aus Polen und seinen Adepten aus Prag abgeschworen hast. Ich gebe dir vier Wochen Bedenkzeit. Gib mir Bescheid, wenn du so weit bist. Ich werde in der Saline alles Nötige veranlassen.»

Jakob ging wortlos zur Tür. Der Vater schickte ihm ein höhnisches Lachen hinterher. «Vor dem Salz liefen früher die Hexen davon – und der Teufel! Martin Luther sei es gedankt, diese Zeit haben wir Reformierten hinter uns gelassen!»

Aus den Aufzeichnungen des Jakob Brinck

Erde (Weltkörper, Planet)

Erde heißt der von den Menschen bewohnte Planet, der in der Planetenreihe des heliozentrischen Systems zwischen Mars und Venus die dritte Stelle einnimmt.
Für die kugelförmige Gestalt gibt es verschiedene Beweise. Zu ihnen gehört die Tatsache, dass die Oberfläche der Erde von jedem Standpunkt aus gesehen rund erscheint, dass bei Reisen in der Richtung von Nord nach Süd neue Sterne im Süden über dem Horizont erscheinen, dass ferner die Spitzen der Masten am Horizont früher gesehen werden als deren untere Teile, dass endlich die Erde seit Fünfzehnhundertundneunzehn häufig nach verschiedenen Richtungen hin umschifft wurde.

23.

Von diesem Tag an saßen zwei Stumme im Kontor einander gegenüber. Lambert Brinck hielt sein Versprechen. Die Stille wurde nur von den Federn zerkratzt und von den eisenbeschlagenen Rädern der vorbeifahrenden Wagen auf dem Kopfsteinpflaster zerfahren. War das Eis, das Vater und Sohn umschloss, vorher noch brüchig, schmolz es manchmal sogar, so fror es nun bis auf den Grund und verdichtete sich durch den Druck der Zeit zu einem gewaltigen Block, den nur das Feuer des Handelns aufgetaut hätte, aber es gab keinen Funken mehr.

Nach den gemeinsamen Mahlzeiten richtete der Vater das Wort nur an die Mutter, sie hingegen sprach beide an, Mann und Sohn. Im Übrigen hatte sie so viel freie Redezeit wie nie zuvor in ihrem Leben, und das nutzte sie aus für alles, was ihr nützlich schien, und wenn ihr nichts mehr einfiel, plapperte sie vom Wetter, um die Stille zu durchbrechen. Unmöglich für sie, in die Gedanken ihres Sohnes vorzudringen, der auf etwas zu warten schien, das aber nicht übereinstimmte mit dem, worauf der Vater wartete. Magdalena versuchte zwischen Mann und Sohn zu vermitteln, es gelang ihr nicht.

«Warum kannst du nicht so sein wie deine Brüder, Jakob? Sie meistern doch auch ihr Leben.»

«Es sind eben nicht alle Menschen gleich, Mutter.»

«Vor Gott sind wir aber alle gleich.»

«Gott hat uns so geschaffen, wie wir sind.»

«Ach, Junge!»

Die Mutter log und vertuschte bei ihren Gängen durch

die Stadt den wahren Sachverhalt, vor neugierigen Gesichtern wich sie auf die anderen Seiten der Gassen aus. Lenes Eltern, den Andresens, tischte sie auf, ihr Junge bereite sich auf die Übernahme des Handels vor. Ernsthaft, wie er nun einmal sei, brauche er dafür seine Zeit. Vielleicht dachte Lene sich ihren Teil dabei, aber sie hielt den Mund.

Zweifellos hätte Jakob jetzt einfach aufbrechen können, Krieg und Kälte vor den Toren hin oder her, aber er fand nicht den Weg nach draußen. Vielleicht hätte er sich ja auch wirklich längst auf die Reise nach Prag gemacht, wären da nicht die raue Stimme und die getüpfelten Augen gewesen, die ihn anstarrten, wenn er abends im Bett lag. So suchte er überall in der Stadt nach der Fremden, an Sonntagen oder nach der Arbeit im Kontor. Aber es war so aussichtslos, als hätte er die Sterne am Himmel oder verschüttete Salzkörner zählen wollen. Und hätte der Vater das mitbekommen, er hätte ihn für endgültig verwirrt erklärt.

In der Zeit vor dem Zerwürfnis hatte man abends nach getaner Arbeit gemeinsam am Kamin gesessen, Lübecker Rotspoon auf dem Tisch, über Gott und die Welt fabulierend. Jakob schien es, als sei das tausend Jahre her.

Wo er seine Zeit verbrachte, in der er nicht im Kontor arbeitete? Oh, Lambert Brinck hatte seine Zuträger.

In den zahllosen Wirtschaften hockte Jakob jedenfalls nicht. Auf dem Kalkberg wurde er hin und wieder angetroffen, jedem aus dem Weg gehend. Gesehen wurde er bei rastlosen Gängen durch die Gassen, immer abweisend, den Blick umherschweifend, oft zum Himmel gerichtet. Auch auf dem Markt trieb er sich häufig herum, den sonst nur die Bürgerinnen mit ihren Mägden oder die Köchinnen aufsuchten.

Vielleicht aber wusste er wirklich nicht mehr, welchen Lebensweg er fortan gehen sollte, obwohl er die Richtung des Weges seit langem kannte. Erneut suchte er seinen alten Lehrer auf, um Rat bei ihm zu suchen. Aber Reinecke hörte ihm nicht mehr zu. Er saß in seinem Lehnstuhl am Fenster und lächelte. Und jedes Mal, wenn sein Besucher ihm eine Frage stellte, antwortete der Alte mit einem Erlebnis aus seiner Kindheit. Unmöglich für Jakob, in die Gedanken des alten Mannes vorzudringen. Erst als er noch einmal nach den Nebensonnen fragte, um mehr über die Brechung des Lichtes in großer Kälte zu erfahren, schien der Alte aufzuwachen, aber es war nur ein kurzer Blitz, danach fiel er wieder in den Dämmerschlaf seliger Erinnerung zurück.

«In vielfarbigem Licht erhebt Aurora sich dreifach. Drei gelbe Lilien stehen am Himmel. Fünfzehnsechzig am fünfundzwanzigsten Februar des Mittags. Die eine spinnt Seide, die andere wickelt Weide, die Dritte sitzt am Brunnen.»

Der Alte erzählte weiter von seinem Vater, mit dem er schon den Himmel betrachtet hatte, und verlor seine Geschichte in einem breiten Lachen, das in einem lang anhaltenden Husten endete.

«Eine große Kälte war's, und ich trug eine Kaninchenmütze und ebensolche Handschuhe.»

Die Schwester des Lehrers kam und brachte ihm einen Becher lauwarmes Salzwasser zum Gurgeln nebst einer Schüssel zum Spucken und passte auf, dass ihr Bruder es nicht hinunterschluckte. Jakob ging. Sein einziger Verbündeter war nicht mehr von dieser Welt und hatte schon den Weg in die andere eingeschlagen.

So reifte in ihm ein Entschluss, von dem er glaubte, er könne ihn nicht nur von seinem Platz im Kontor, dem stummen Vater gegenüber, befreien, sondern auch von den Versuchungen seines Leibes. Und wenn er auch damit ein Gebot seines Vaters, denn es war nichts anderes als ein solches, erfüllen würde, besser, als weiter stumm ihm gegenüberzusitzen, war es alle Mal, in die Siederei zu gehen und den Körper zu spüren.

Von seinen Besuchen kannte Jakob alles, was die Saline betraf. Nur von der wahren Arbeit wusste er nichts. Was die mit dem Körper macht, das erfährt nur einer, der sie getan hat. Und hätte Jakob es geahnt, er hätte vielleicht weiter mit dem Vater im Kontor gesessen, stumm wie die Fische im Wasser oder stummer noch; die Fische sprangen wenigstens noch ab und an fröhlich in die Luft.

Jakob schrieb einen Brief, und er legte sich darüber hinaus Worte zurecht, die dem Vater alles noch einmal erklären sollten.

Hochverehrter Vater!
Nach reiflicher Überlegung bin ich zu dem Entschluss gekommen, euer Angebot anzunehmen, auf der Saline zu arbeiten. Am eigenen Leib will ich erfahren, was dort vollbracht wird seit mehr als einem halben Jahrtausend, nur so kann ich ermessen, ob ich fortan meine ganze Kraft der Fortführung Eures Lebenswerks widmen möchte, um es auch zu dem meinen zu machen. Sollte ich aber nicht zu diesem Ergebnis kommen, Vater, so bitte ich Euch, lasst mich gehen.
Euer ergebener Sohn Jakob

Zum ersten Mal richtete der Vater wieder das Wort an ihn. Er tat es in gewohnter Weise, klar in der Aussage, an der nicht einmal ein Nordwestwind hätte rütteln können.

«Du willst also wirklich in der Siederei arbeiten?»

Jakob nickte stumm. Was ihm schriftlich möglich gewesen war, den Kontakt zum Vater wiederherzustellen, ihn anzureden, das wollte aus dem Mund nicht heraus. Die mühsam zusammengesuchten und vorbereiteten Worte klebten fest wie die Rückstände beim Salzsieden in der Bleipfanne. Hätte er sie herausgekratzt, sie wären in Stücken auf den Boden gefallen und in Krümeln auseinander gespritzt.

«Das gefällt mir», sagte der Vater grimmig lächelnd und forderte ihn zu einem Gang durch die Stadt auf.

Was gefällt dem Vater?, dachte Jakob. Er hatte ihm klar geschrieben, dass eine Entscheidung erst nach der Arbeit in der Saline fallen sollte.

Wie der Ratsherr und sein Sohn nun friedlich nebeneinander die Stadt durchquerten, konnte jeder sehen, der es wollte.

Wer genau hinsah, bemerkte, dass nur der Ratsherr dabei redete, dass mitnichten Eintracht herrschte.

Lambert Brinck sprach über die Siedung, die Pfannen und den Absatz. Die Hoffnung auf einen würdigen Nachfolger und auch die Erleichterung waren seinen Worten anzuhören. Vom Sande aus wandten sie sich St. Johanni zu und gingen an der alten Andreaskirche vorbei, die als Salzspeicher genutzt wurde. Karren voller Säcke standen davor, diese wurden abgeladen und hineingetragen.

«Die Sole fließt, sie ist unser Gold», sagte Lambert Brinck, zwischendurch nach allen Seiten grüßend. «Wie Gold wird auch Salz nicht schlecht, es bleibt salzig, es gibt kein salzloses Salz, es gibt nur salzlose Waren. Aber was nützt es uns, wenn es in immer neuen Lagern gestapelt werden muss, weil der Absatz stockt?»

Danach wanderten sie an der Ilmenau entlang bis zum Kran. Prahme und Ewer lagen am Ufer, und Lambert Brinck sprach über den Transport des Salzes, der durch den Krieg immer schwieriger geworden war. Wieder schimpfte er auf das billige Baiensalz von den Küsten Frankreichs und Spaniens, das in diesen schlimmen Zeiten verstärkt auf den Markt ströme; es werde von niederländischen Häfen über die Nordsee ins Reich eingeführt. In Polen hätten sie die Einfuhr von Salz gänzlich gesperrt, der Absatz zur Oberelbe stocke. Noch werde keine Pfanne stillgelegt, denn der Sod sei voll Sole. Im schlimmsten Falle müsse sie abgepumpt werden und laufe dann ungenutzt im Graben zur Ilmenau.

Von St. Nikolai aus führte ihr Weg sie nach Westen ins Marktviertel zwischen Marien- und Michaeliskirche, sie spazierten an der Cyriakskirche und dem Kalkberg vorbei, dann nach Süden auf die Saline zu.

Lambert Brinck hatte sich in Sorge geredet und sah überall nur noch schlechte Vorzeichen. Aus Lübeck sei auch noch kein Kurier mit einer Nachricht von Heinrich Timmermann gekommen.

«Was in Jahrhunderten auf dem Salz gewachsen ist, der Reichtum Lüneburgs, darf heute nicht mehr als selbstverständlich gelten. Der Wohlstand der ganzen Stadt steht auf dem Spiel, alle Kräfte werden gebraucht, ihn zu erhalten. Auch deine, Jakob. Ich bin also einverstanden.»

Er streckte seinem Sohn die Hand entgegen. Jakob zögerte. Er hatte durch den Spaziergang frischen Wind um den Kopf, und die Worte hatten sich wieder zusammengesetzt.

«Ich habe in meinem Brief, so denke ich, klar zum Ausdruck gebracht, dass die Arbeit in der Saline eine Bedenkzeit sein soll, nach der ich eine freie Entscheidung treffen möchte.»

Danach schlug er in die Hand des Vaters ein. Sie war nass vor Schweiß. Aber seine war kühl und trocken, wie sein Kopf jetzt auch.

«Die Arbeit hier wird dir schon die Flausen aus dem Kopf treiben und dich von deinen Phantasien reinigen», sagte Lambert Brinck mild. Mehr sagte er nicht dazu.

Hunderte fragender Münder und missbilligender Mienen taten sich später im Geiste vor Magdalena auf, als sie nach der Abendmahlzeit zu ihrem Entsetzen von dem Plan erfuhr. Die Zeit der Stummheit zwischen den beiden Männern hatte viel Kraft und diplomatische Klugheit verlangt. Doch jetzt würde das Zerwürfnis offen sichtbar und nicht mehr zu vertuschen sein.

«Was, um Gottes willen, sollen die Leute von uns denken, Lambert?», war das Erste, was ihr einfiel.

Er warf ihr einen knappen Blick zu, der besagte, sie möge bitte den Mund halten in dieser Angelegenheit, und knurrte, als sie zu jammern fortfuhr, das sei einzig und allein Männersache und würde ihn, dabei sah er Jakob wohlwollend an, auf den rechten Weg bringen. Sie hätte ihn mit ihrer Mutterliebe viel zu lange verweichlichen lassen. Magdalena schloss den Mund und schickte sich, im Stillen beschloss sie aber, ihrem Jüngsten in der kommenden Zeit wenigstens besonders gute Mahlzeiten angedeihen zu lassen.

Kurze Zeit später ließ Heinrich Timmermann durch einen Kurier mitteilen, er wünsche einhundert Buchenstabtonnen voll mit feinstem Brinck'schen Salinensalz, zu liefern nach Lübeck ab sofort. Danach werde man weitersehen. Wäre Lambert Brinck imstande gewesen, einen Luftsprung zu tun, er wäre höher gewesen als die Nikolaikirche. Aber Luftsprünge tat Lambert Brinck nicht. Er setzte sich gleich hin und rechnete mit spitzer Feder, was ihm die Bestellung unter dem Strich bringen würde. Jakobs letzte Handlung im Kontor wurde es, die einhundert Tonnen auf den Weg zu bringen, der per Salzprahm nach Lübeck über Ilmenau und Stecknitzfahrt ein stetig fließender war, denn die Schneeschmelze hatte eingesetzt.

—

Mehr als zwei Monate lang ging Jakob nicht auf den Markt, auch dem alten Lehrer Reinecke stattete er keinen Besuch ab, und er schlug sich Margrietas funkelnde grüne Augen aus dem Kopf. An Lenes wasserblaue verschwendete er schon gar keinen Gedanken. Sie und ihre Eltern wurden nicht mehr eingeladen, dafür aber mit blumigen Worten auf den Mai vertröstet, der mit der Hochzeit alles wieder ins rechte Lot bringen würde.

Magdalena schämte sich wegen ihres immer elender aussehenden Sohns, und sie wechselte stets auf die andere Seite der Gasse, wenn jemand ihr entgegenkam, dessen Fragen sie nicht beantworten wollte. Als Jakob dies zu Ohren kam, lächelte er insgeheim über den Unverstand seiner Mutter und bedauerte ihren eingeschränkten Horizont, der schon an den Augen derer, die aus den Erkerfenstern der Häuser blickten, sein Ende fand, ohne sich je darüber hinaus zu erheben.

Über allen Hütten aber stand die Dampfwolke und zeugte vom nicht nachlassenden Gewerbefleiß der Lüneburger. Und obwohl der Absatz immer weiter einbrach und ein Ende des unseligen Krieges nicht in den Sternen zu lesen war, glaubte man in der Stadt, solange die Sole fließt, rappeln die Münzen in den Geldladen der kunstvoll mit Schnitzwerk verzierten Wandschränke. Der Rat der Stadt allerdings traf unauffällig weiter Vorbereitungen für den Ernstfall und ließ in den Speichern Getreide, Pökelware und gesalzene Heringe einlagern. Mansfeld mit seinem Heer war längst an der Elbe weitergezogen, aber wer wusste schon, was da noch kam?

Zum ersten Mal in seinem Leben spürte Jakob am eigenen Leib, was in der Saline von Menschen vollbracht wurde, seit siebenhundert Jahren schon, ohne dass je daran Wesentliches geändert worden war.

24.

Tag und Nacht ging die Arbeit ohne Pause vonstatten, in zwei Schichten. Wenn die seine abgelöst wurde, warf Jakob wie die anderen Kumpane den Kittel ab und wankte nach Hause in seine Kammer, wo er sich mit dem von der Magd in einer Kruke bereitgestellten Wasser in einer Schüssel das Salz vom Körper wusch. Und wo die Magd das Wasser anschließend auf dem gepflasterten Hof ausschüttete, wuchs im Frühjahr kein Grashalm mehr zwischen den Steinen, was sie Magdalena Brinck den Vorschlag machen ließ, zukünftig hier Salzwasser auszugießen, dann wäre es mit dem leidigen Krautreißen ein für alle Mal vorbei.

Ununterbrochen loderte und verglühte in der Siederei Holz in den Öfen aus gemauerten Backsteinen, die man füttern musste, bis sie zugesetzt wurden, damit ein stetig glimmendes Feuer für den Siedevorgang einer Pfanne in ihnen blieb. Musste Jakob sich den Arbeitsvorgang zunächst noch einprägen, um ja vor den anderen Kumpanen, die ihn argwöhnisch beäugten, nichts falsch zu machen, so kreiste schon nach ein paar Tagen nichts anderes mehr in seinem Kopf als der Ablauf des Siedens. Die Tage erschöpften sich in einer ununterbrochenen Folge von Salzsieden, Waschen und Essen, sein Körper formte sich zu einer Marionette, an unsichtbaren Fäden hängend, manchmal schien er auch wie ein wehrloser Hampelmann zu sein. Die Arme gingen hoch, fielen herunter, die Beine spreizten sich, klappten zusammen. Der

Körper geschunden, die Hände zerfressen, die Gedanken versalzen.

Mit einer hölzernen Kumme aus dem Vorratsbehälter Sole schöpfen und in die Pfanne aus Blei kippen, bis sie gefüllt ist. Die Sole wird heiß, blubbert, sie kocht über, wird zwei Stunden lang gerührt. Salzige Zungen laufen auf den Boden, fressen sich in Wunden an den nackten Füßen. Wasser verdunstet, steigt zusammen mit dem Rauch durch das Stroh des Daches, wird zur Wolke aus dem Dampf von zweihundertundsechzehn Pfannen aus den vierundfünfzig Hütten. Es kocht in den Pfannen, bis nur noch reine weiße Salzkristalle bleiben, glühend heiß, zusammengerakt mit einem eisernen Schieber. Aufgehäufelt und herausgeschaufelt und aufgetürmt auf dem Lagerplatz, so weiß, so glitzernd, so rein wie Schnee. Rotgesichtige Kinder schaffen es in Kiepen, krumme Frauen tragen sie fort, und noch krummere Frauen schleppen frisches Brennholz für die nächste Siedung herbei.

Jakob hatte keine Augen für die jeden Tag länger strahlende Sonne, den kühlen Mond, die ruhigen Planetenbahnen und die flackernden Sterne der Milchstraße am Himmel. Karfreitag und Ostern gingen vorüber wie auch der Tag des Frühlingsanfangs. Sonne und Mond wechselten einander ab, mal war er voll, mal war er halb, und manchmal war er auch neu. Jakob Brinck sah nichts davon. Das Sieden eingebrannt in den Kopf. Die Laden leer und versalzen. Nichts mehr war darin als unaufhörlich rieselnde reine weiße Salzkristalle, Salz für silberne Ostseeheringe, für weißen Kabeljau, für blutrotes Fleisch, für braune Bohnen und grünen Kohl.

Salziger Schweiß auf jedem Fleckchen Haut. Salz auf

den Lippen, Salz in den Augen. Salz in den Tränen. Salzverkrustete Füße, die Haare salzige Strähnen. Bretthart vom Salz der Kittel aus Leinen. Zusammenraken das Salz in der Mitte der Pfanne, helles Feuer darunter, Salz trocknen und garen. Salz abtrocknen in den Koren. Salz in Kiepen füllen. Salz auf die Wagen schütten.

Er hatte kein Auge für die Blüten des sonnenfarbenen Huflattichs und des ebenso leuchtenden Scharbockskrautes im Februar, keins für sahnefarbene Märzenbecher und die sandbraunen Blüten des Hasels, die zierlichen Kätzchen der Birken, die dicken, staubenden der Weiden und die hellgrünen Knospen der Buchen. Er sah nicht die gelben Himmelsschlüssel auf der Weide und die Buschwindröschen im Wald, und kein nickendes Knabenkraut und kein blühender Frauenschuh wuchsen an den Wegen, die er morgens und abends entlanghastete. Er hatte keine Nase für den betäubenden Duft der feuerrotblühenden Seidelbastbüsche am Saum des Kalkberges und den Geruch der Wiesen nach den winterlichen Überschwemmungen, wenn das modrige absterbende Gras sich mit dem sprießenden jungen Grün und den Kräutern vermischte.

Stell dich nicht an, Jakob, sagte er sich immer wieder aufs Neue. Die Kumpane arbeiteten schon lange vor dir Stunden um Stunden, Tage um Tage, Wochen um Wochen, Jahre um Jahre und jahrhundertelang im Salz.

Holzfeuer lodert, Sole dampft, Salz trocknet. Feuern, lodern, dampfen, trocknen. Schleppen, raken, schütten, gießen. Wunden brennen, Lippen brennen, Augen brennen, Körper brennen, stolpern, abkühlen im Abendwind. Waschen, essen, schlafen, wachen, schlafen, aufstehen, Feuer lodert, Sole dampft, Wolken steigen in den Himmel, Wohlstand verheißend. In ewiger Wiederholung darin die Mengen und Maße, die Sod und Süß, die Scheffel, Tonnen und Wispel, Kummen und Schalen, Himpten, Lasten und Rump.

Sie füllen sich mit weißen Kristallen aus der Erde, nichts weniger in ihnen als die Kraft, Speisen haltbar zu machen, vor dem Verderben zu bewahren. Salz, Salz und noch einmal Salz. Jeder braucht es. Die Armen genauso wie die Reichen, die Jungen wie die Alten und die Tiere auch. Es verschwindet in Mägen und wird ausgeschieden in den Aborten, verbracht mittels alter Tonnen auf die Felder der Bauern, versinkt es in der Erde, wo es den Pflanzen nicht schadet.

Aber es kann auch noch etwas anderes. Es füllt die Beutel mit glänzenden Münzen und die Häuser mit praktischen Dingen, aber auch mit unnützer Pracht. Es macht begierig und lockt Diebe aus allen Ständen an, Städte und Länder werden reich. Nichts bleibt mehr für den Geist, die Neugierde, das Wissen, und es verhindert nicht den schändlichen Krieg.

Sechzig Tage hatte er gearbeitet, darin eingebettet acht Sonntage, ausgefüllt mit unruhigem Schlaf, die Gottesdienste eingeschlossen. In denen seine Gedanken nicht zum Sternengewölbe von St. Nikolai flogen, weil sie, schwer wie das Blei der Pfannen, nur zu Boden sanken.

Als für Jakob die Zeit in der Salzsiederei vorüber war, wusste er nicht einmal mehr, wo jetzt die Fronten des Krieges verliefen, er wusste nicht, wen Mansfeld gerade vor sich herjagte oder ob Wallenstein schon mit seinem Heer in der Nähe aufmarschierte. Er wusste nichts mehr über den Himmel und die Sterne, und er hatte die Fremde aus seinem Kopf und von seinem Körper verbannt.

Magdalena und Lambert Brinck gaben die Verlobung ihres Sohnes mit Lene Andresen nun offiziell bekannt. Alles war vorbereitet, auch die jeweils auszutauschenden Geschenke.

Lene bekam zur Verlobung ein Paar Schuhe mit silbernen Knöpfen, sie überreichte Jakob zwei Hemden aus weißem Leinen. Ihre verschwörerischen Blicke dabei hielten Eltern und Brauteltern für ein Zeichen der Freude auf den zukünftigen Ehestand. Waren die beiden für einen Moment allein, flüsterten sie miteinander, und Lene versprach, viele Kinder zu gebären, wenn er ihr erst nach dem Studium der Astrologie ein günstigeres Horoskop zu stellen vermöge. Jakob antwortete nicht darauf. Vielleicht, so dachte er, werde ich ja auch wirklich in meine Heimatstadt zurückkehren und eine Sternwarte auf dem Kalkberg bauen. Und wenn nicht? Lene wird sich in ihr Schicksal fügen müssen. Es gibt genügend heiratsfähige Männer, das hatte Magdalena ja gesagt, ein schlechtes Gewissen brauchte er nicht zu haben.

25.

Noch vor Sonnenaufgang war Jakob losgegangen, hinaus in die Heide. Er wollte nichts weiter als seinen Gedanken freien Lauf lassen und am Abend die Plejaden begrüßen.

Die Wege in der Heide, silbern, von der Sonne längst abgetrocknet. Der Sand gelb, wo er verweht war, grau an den windgeschliffenen Kanten, schwarz in den Furchen, die die Wagenräder hinterlassen hatten, auch unzählige Pferdehufe und Füße, in Stiefeln und Pantinen. Das Land rechts und links ein ungezähmtes Meer aus Sand, auf dem der Winterwind Rippeln hinterlassen und das abfließende Schmelzwasser tiefe Rinnen gegraben hatte, zwischen denen sich die strauchige Heide an den Boden klammerte, manchmal, selten, ein hellgrüner Birkensämling, den die Schnucken übersehen hatten. Auf einigen flachen und ausgetrockneten Kolken am Fuß der runden Hügel ein dichter, brauner Teppich aus abgestorbenen Moosen, auf denen Kreuzkröten mit klebrigen Zungen hockten, Heil- und Unglücksbringer zugleich.

In anderen Kolken, die voll Wasser standen, kopulierten, munter aufeinander hüpfend, Rücken an Rücken, die nassen, blau schimmernden Frösche, die Luft mit einem einzigen leisen Quak-Quak anfüllend, das mal an- und mal abschwoll. Wetterpropheten.

Eifrige Biber nagten in den Sümpfen der Ilmenau, platschend fielen die Bäume ins Wasser und wurden von den fleißigen Tieren vor Burgen aus Röhricht und Zweigen geschleppt, als Sperre und Dämme, die das Wasser stauten. Vorbilder an Klugheit.

Auf den schwarzen Inseln, die das Hochwasser in den Auen hinterlassen hatte, brüteten Kibitze, um die Nestkuhlen wuchs leuchtend grünes Gras. In einem fort ihr ki-fitz, ki-fitz unter dem grünglänzenden Federbusch auf dem Kopf. Sie kreisten in der Luft, weißer Bauch unter schwarzen Federn, stürzten herab und landeten auf roten Füßen. Bewahrer der Seelen.

Der Himmel über ihnen, wolkenlos, wegwartenfarben. Als leichte Krümmung eben sichtbar der Horizont. Graugänse mit gelben Schnäbeln tauchten aus dem Blau, wechselnd in Licht und Schatten ihr Gefieder. Sie kamen von Südwesten und zogen nach Norden. Eine scharfe Linie, zwanzig, dreißig hintereinander, vorn geknickt zu einem Keil, manchmal, selten, ein Pfeil. Ihre lang gezogenen Rufe. Das rauschende Flattern von Flügeln, das Sausen im Wind. Der stirbt nicht, der mit den wilden Gänsen fliegt.

Schwarze Schwäne mit roten Schnäbeln, Singen, Surren und Sirren in der Luft. Boten des Todes, Glücksbringer dagegen ihre weißen Schwestern.

Steingraue Kraniche, schreiend im Flug, schönes Wetter verheißend mit ihrer Bahn hoch am Himmel. Einige lösten sich aus der Reihe und stießen herunter zu den moorigen stillen Seen der Heide, um Nester zu bauen, zu brüten und ihre Jungen großzuziehen. Ohne sich nach den Gelandeten umzusehen, flogen die anderen weiter nach Nordosten zu den Brutquartieren in fremde Länder, bis sie verschluckt wurden vom Dunst, den die Sonne aus den Niederungen holte. Verkünder des Glücks und des Krieges auch.

In den Nächten treffen sie sich mit Mond und Sternen und begegnen den Planeten, an den Tagen streifen sie die

Sonne, ohne an ihr zu verglühen. Fliegen können wie sie. Vogelfrei sein.

Die Dämmerung setzte ein, gerade konnte Jakob noch die fünf Türme der Stadt erkennen, bald würden die Tore geschlossen werden. Es kümmerte ihn nicht. Er kannte den Weg durch die Heide und einen kleinen Hügel bei Ochtmissen, aus dem graue Felsen ragten, auf die er sich setzte. Er ließ den Sand durch die Finger rieseln, der wie die Steine warm von der Sonne des Tages war. Der Ginster trieb gelbe Knospen aus. Birkenzweige mit winzigen, hellgrünen Blättern daran raschelten. Das leise Quaken der Frösche. Manchmal ein Platschen im Wasser. Käuzchen schrien ki-witt, ki-witt. Krähen riefen kräh-kräh.

Die Tore des Schafstalls unterhalb des Hügels standen weit offen. In der Ferne wanderte der Schäfer mit seinen Schnucken, neben ihm ging Margrieta. Der schwarze Hund hielt die Herde zusammen und trieb sie auf den Stall zu.

Mehr wollte Jakob nicht wissen. Die Fremde hatte ihren Platz gefunden. Jetzt brauchte er nur noch auf das Siebengestirn zu warten.

Der Himmel, eine nachtblaue Dämmerung. Nur im Westen noch die letzten Feuerstreifen der untergegangenen Sonne. Über dem Horizont stieg der Vollmond auf, hell, fast rot, seine Gebirge zeichneten sich als dunkle Schatten ab, scharf ihre Ränder. Das leise Blöken der Schnucken lag in der Luft, Gänse riefen.

Jakob stand auf und sprach leise zu sich, was Gott Hiob gefragt hatte, um auf seine eigene Weisheit und Allmacht hinzuweisen. Er hatte diese Bibelstelle seit seiner Schulzeit wieder und wieder gelesen.

«Kannst du die Bande der sieben Sterne zusammenbinden?
Oder das Band des Orion auflösen?
Kannst du den Morgenstern hervorbringen zu seiner Zeit?
Oder den Wagen am Himmel über seine Kinder führen?
Weißt du, wie der Himmel zu regieren ist?
Oder kannst du ihn meistern auf Erden?
Kannst du deinen Donner in der Wolke hoch herführen?
Oder wird dich die Menge des Wassers verdecken?
Kannst du die Blitze auslassen, dass sie hinfahren
und sprechen: Hier sind wir?
Wer gibt die Weisheit in das Verborgene?

Eben sichtbar noch über dem nordwestlichen Horizont am Kopf des Stiers, die Plejaden. Sie beflügelten Jakobs Gedanken.

«Ich werde nach Prag gehen und die Ordnung herausfinden, der der Himmel folgt. Wenn das Hochwasser des Winters die Elbe hinab ins Meer gelaufen ist. Es ist ganz einfach. Man muss nur dem Krieg aus dem Weg gehen. Und niemand wird mich daran hindern. Niemand. Weder Vater noch Mutter noch Lene Andresen.»

Ein heiseres Lachen hinter seinem Rücken, der Geruch von Erde, Schnucken und fettiger Wolle. Sofort spürte er wieder die Hitze in sich aufsteigen, denn er hatte sie nur eingesalzen, anstatt sie ganz aus seinem Körper zu reißen. Er drehte sich um und sah sie an. Der Mond beleuchtete ihren geflickten Rock, die verfilzten Haare, ihre Augen, die grün funkelten.

Wie bei allen Begegnungen mit ihr fiel ihm kein vernünftiger Gruß ein.

«Hiob, achtunddreißig, Vers einunddreißig bis sechsunddreißig», sagte er leise.

«Ich kann nur in den Händen lesen», sagte Margrieta, «wisst Ihr es nicht mehr?»

«Wie hätte ich es vergessen können?»

Er hatte sie nicht danach gefragt, aber sie zeigte nach Osten in die dunkle Heide. «Dort ist sein Stall. Wir haben einen Bund geschlossen. Der Schäfer und ich.»

«Ist er dein Mann?», fragte er.

«Josef? Der ist so lange mein Mann, wie ich ihn brauche.»

Sie erklärte nicht, was das bedeutete, sondern fragte nur: «Warum seid Ihr gekommen?»

Er wusste nicht, ob er es ihr sagen sollte, er wusste auch nicht, ob er es wollte. Dann sagte er es doch. Es war ja Nacht, und im Schutz der Dunkelheit gegen Westen stehend, kann einer reden, ohne das Gesicht zu verlieren. Er gestand ihr, dass er Lüneburg und die Heide verlassen wolle. Er sagte ihr, dass er nicht Salz sieden lassen und auch nicht mit Salz handeln wolle wie sein Vater und alle Vorväter vor ihm, die dadurch ihr gutes Auskommen hatten.

Sie zeigte auf die Kirchtürme der Stadt, scharf und schwarz vor dem letzten Licht aus dem Westen, und auf die Dampfwolke über der Saline.

«Der Schäfer sagt, dort wird Salz gesotten, und deshalb werden die vielen Wagen mit den Säcken voller Salz aus der Stadt gefahren. Aber ich glaube ihm das nicht. Sonne und Mond machen das Salz.»

Jakob lachte. Er hatte schon lange nicht mehr gelacht.

«Bei uns kommt das Salz aus der Erde.»

«Nein, Salz kommt aus dem Meer», sagte Margrieta. «Es wird in großen Gärten gewonnen, die sind mit Steinen eingefriedet. Ich habe es mit meinen eigenen Augen gesehen. Der Mond schickt das Meer in die Gärten, und die Sonne holt das Wasser heraus. Das Salz ist grau wie das Meer im Herbst, und viele Krebse, kleine Fische und Muscheln sind darin zu sehen. Und es sind riesige Berge dort aufgehäufelt, die sehen von weitem aus wie alter Schnee.»

«Was du meinst, nennen wir Baiensalz», sagte Jakob. «Weil es in den Buchten des großen Atlantischen Meeres gewonnen wird. Aber unser Salz ist feiner und kostbarer. Muscheln oder Krebse finden sich nicht darin, und es ist so weiß wie frischer Schnee.»

Margrieta lachte in sich hinein. Vielleicht hatte sie ja für den Schäfer das Salz seines Vaters gestohlen.

Er sagte ihr weiter, dass er bisher zu schwach gewesen sei, sich gegen den Vater und die Mutter aufzulehnen. Er sagte ihr, er habe auch ein schlechtes Gewissen, es zu tun. Er sagte ihr, dass er an Gott glaube, aber nicht an das, was in der Bibel stehe. Er sagte ihr, er habe sich eine Prüfung auferlegt und in der Salzsiederei gearbeitet. Er sagte ihr, er wisse genau, wie sein weiterer Lebensweg sein solle. Seinem Herzen gehorchen und nicht der Pflicht.

Sie hörte ihm zu, ohne ihn zu unterbrechen. Sie fragte nicht einmal nach, auch nicht, als er von Lene sprach, die er im Mai heiraten sollte.

Als er schwieg, fragte sie: «Wo stehen die sieben Sterne, die ein Mensch nicht zusammenbinden kann?»

Er zeigte nach Westen an den Himmel.

«Siehst du die Milchstraße? Wenn man sie mit dem

Fernrohr betrachtet, sieht man dort nur unzählige Sterne, nichts als Sterne. Darunter, das ist der Kopf des Stiers, und daneben, das ist das Siebengestirn. In der griechischen Sage sind sie die Töchter von Atlas und Pleione. Aus Trauer über den Tod ihrer anderen Schwestern, der Hyaden, töteten sie sich selbst und wurden unsterblich in den Sternen. Der hellste Stern dort ist Alkyone. Sie strahlt ihre Schwestern und ihre Eltern im Westen an. Oben im Südosten steht Sterope, etwas weiter nach Osten, das ist Taygete, darunter Kelaino, unter ihr Elektra, ganz im Süden Merope. Und Maja. Die steht in der Mitte zwischen den anderen.»

«Maja heißt der Stern?», fragte Margrieta.

«Ja, Maja.»

«Meine Großmutter nannte die sieben Sterne Gluckhenne mit ihren Küken, aber die Geschichte dazu habe ich vergessen.»

«Es gibt viele Geschichten darüber. In diesen Tagen sind sie zum letzten Mal am Himmel zu sehen und kommen erst im November wieder. Wenn sie im Frühjahr gehen, kann die Saat auf den Feldern ausgebracht werden, und wenn sie zurückkehren, muss die Ernte beendet sein. Und die Seefahrer richten sich auch nach ihrem Kommen und Gehen. Wenn sie am Himmel auftauchen, beginnen die großen Stürme, und wenn sie verschwinden, lassen die Winde nach.»

Margrieta sah Jakob mit einem verwunderten Blick an, den er nicht sehen konnte, weil es inzwischen dunkel geworden war.

«Die Sterne sind immer da», sagte sie. «Wie der Stern von Bethlehem. Die Sterne fliegen nicht fort. Die Erde hat den Sternenhimmel um sich herum, und die Sonne und der Mond wandern am Himmel um die Erde. Und wenn die Sonne oder der Mond die Sterne blenden, dann kann man sie nicht sehen.»

«Nein», sagte Jakob. «Die Sonne ist das zentrale Gestirn in der Mitte des Himmels. Und die Erde und der Mond kreisen um sie.»

«Wollt Ihr etwa Gottes Schöpfung verleugnen?», fragte sie empört.

«Nein», sagte Jakob, «so hat es Kopernikus erkannt, er schrieb darüber schon im vorigen Jahrhundert, und so sehen es auch Johannes Kepler in Prag und Galileo Galilei in Padua. Alle drei sind große Astronomen.»

«Ihr seid ein Narr!», lachte Margrieta. «Wisst Ihr nicht, was in der Heiligen Schrift steht?»

«Natürlich weiß ich das. Aber hast du mir nicht gesagt, du kannst nicht lesen?»

Margrietas Lachen klang spöttisch.

Jakob hörte in diesem Lachen etwas, was sie in Worten nicht sagen konnte. Er hatte nicht daran gedacht.

Es sagte ihm, wer nicht lesen kann, der hebt, was er gehört hat, in seinem Kopf auf wie Bilder. Der behält sie viel besser als einer, der das Geschriebene als aneinander gereihte Lettern verschlingt, gedruckt auf Papier und geheftet, und es in Schränken verstauben lässt, wo es von Mäusen angenagt wird. Denn auch die, die nicht lesen können, haben Häuser, Räume und Laden im Kopf, in denen sie Gehörtes und Gedanken aufheben. Sie müssen nichts aufschreiben, um es festzuhalten, sie müssen es aber weitererzählen, damit es nicht verloren geht.

Als sie zu sprechen begann, glaubte er, die Schöpfungsgeschichte zu hören, wie er sie noch nie gehört hatte, dabei war es nur zum ersten Mal aus dem Mund einer Frau und nicht von der Kanzel in der Kirche. Und draußen in der Heide, auf einem Hügel unter dem Sternenhimmel, da bekommt so eine Geschichte auf einmal Flügel, ganz anders als in der Kirche, wo sie an die Gewölbe stößt.

«Und Gott sprach», sagte Margrieta leise, «es sollen Lichter am Himmel stehen, die Tag und Nacht voneinander scheiden, dazu Zeiten, Tage und Jahre. Sie sollen auch Zeichen sein für die Schiffer auf den Meeren und die Bauern auf den Feldern. Und sie sollen scheinen, damit sie der Erde und den Menschen Licht geben. So geschah es.»

Hinter Margrieta lag ein schmaler Schatten. Den warf der Mond, der längst aufgegangen war. Sie sah Jakob an, setzte sich in den Sand, zog ihre Knie unter dem Rock hoch und legte die Arme darum.

«Und Gott machte zwei große Lichter, ein großes, das den Tag regiere, das ist die Sonne, und ein kleines für die Nacht, das ist der Mond, dazu schuf er auch die große Schar der Sterne. Er setzte sie an das Himmelsgewölbe, damit sie auf die Erde scheinen und Licht und Dunkelheit voneinander scheiden. Und Gott sah, dass es gut war. Es wurde Abend, und es wurde wieder Morgen.»

Sie sah zu ihm auf, wie er andächtig dastand und in den Himmel blickte, ihre Worte noch in den Ohren. Sie zupfte an seinem Hemd. Er drehte sich zu ihr um. Lachfältchen standen um ihre Augen, das konnte er im Mondlicht gerade erkennen. Er wusste nichts mit ihrem Lachen anzufangen, zögerte, dann setzte er sich zu ihr in den Sand.

«Die Seelen aller Toten steigen zum Himmel und werden zu Sternen», flüsterte Margrieta.

«Vielleicht», sagte Jakob.

«Bestimmt», flüsterte sie. «Meine Großmutter war eine weise Frau.»

Jakob wollte sagen, die Seelen der Toten sind keine Sterne, aber er ließ es. Warum sollte er eine belehren, die mehr vom Leben wusste als er? Und so ganz insgeheim gefiel ihm ihre Deutung der Sterne, die für eine, die nichts von den Gestirnen wusste, einleuchtend sein musste. Jeder, auch der Ungebildetste, wusste, dass das Menschengeschlecht uralt war, und die Vorstellung, dass die Seelen der Verstorbenen sich am Himmel in Sterne verwandeln, war nicht die schlechteste Erklärung. Denn wo die Sterne herkamen, das hätte auch er ihr nicht besser erklären können. Das war es ja, was er erforschen wollte, weil es ihm die Bibel nicht sagte.

«Dann ist deine Großmutter jetzt auch ein Stern», sagte Jakob.

Mit einer Hand strich Margrieta über seine wirren Haare.

Es war ihm, als hätte ein Blitz ihn getroffen.

Er tastete über ihre Narbe, die sich von der Schläfe abwärts zog.

«Wer war das?», fragte er leise.

«Es war wegen Josua», sagte sie.

«Wo kommst du her?», fragte Jakob nach einer Weile.

«Das ist eine lange Geschichte», sagte Margrieta. «Sie eignet sich nicht für die Dunkelheit, dann verlieren die Seelen der Toten ihre Ruhe. Habt Ihr schon mal gesehen, wie die Sterne in manchen Nächten funkeln, als ob sie erlöschen wollten? Dann geschehen irgendwo auf der Erde böse Dinge. Deshalb ist es besser zu erzählen, wenn die Sonne aufgeht.»

Die Frösche im Kolk hinter dem Schafstall quakten leise, manchmal platschte einer ins Wasser. Käuzchen flatterten lautlos eben über den Hügel hinweg und schrien ki-witt, ki-witt im Flug. Krähen riefen von den Birken.

Es war einer dieser Augenblicke der völligen Übereinstimmung zweier Seelen, die zum Himmel steigen und von oben auf die Welt herabsehen. Die wohl wenig voneinander wissen und unterschiedlicher kaum sein können, die sich aber ziemlich genau darüber im Klaren sind, dass sie etwas voneinander wollen. Nur was das sein sollte, das war zumindest Jakob in diesem Augenblick nicht bewusst, weil er solche Momente bisher einfach noch niemals erlebt hatte.

Und Margrieta? Die nahm sich kurz darauf einfach, was sie wollte, so, wie sie es immer getan hatte, seit sie heimatlos geworden war, und das hatte schließlich ihr Überleben gesichert. Wer mehrmals dem Tod entkommen war wie sie, der verstand eher zu leben als einer, dem der Tod nur als Ende eines langen Lebens erschien.

Es gab nichts mehr zu reden. Aber miteinander schweigen heißt nicht unbedingt, einander die Sprache verboten zu haben. Es heißt auch, du und ich, wir sitzen hier oben auf dem Hügel, und um uns herum ist nichts weiter als Sand, Nacht und Sterne.

Eine Nachtigall stieg auf und sang ihr verlorenes tüttüt.

Aber es war nicht nur die Nachtigall, es war noch einer da, der Schäfer, der, an den Stall gelehnt, laut sang. Und warum auch sollte er etwas anderes tun als das, was er sein Leben lang getan hatte, wenn der Vollmond ihn nicht schlafen ließ. Bloß weil zwei da oben auf dem Hügel saßen, die lichterloh brannten, was ihm niemals widerfahren war. Nur, diesmal geschah sein Gesang, ohne dass er seinen Hut für eine milde Gabe bereit hielt.

«Ach, Liebste, lass uns eilen,
Wir haben Zeit:
Es schadet das Verweilen
Uns beiderseit.

Der schönen Schönheit Gaben
Fliehn Fuß für Fuß:
Dass alles, was wir haben,
Verschwinden muss.

Der Wangen Zier verbleichet
Das Haar wird greis,
Der Äuglein Feuer weichet
Die Flamm' wird Eis.

Das Mündlein von Korallen
Wird ungestalt,
Die Händ als Schnee verfallen
Und du wirst alt.

Drum lass uns jetzt genießen
Der Jugend Frucht,
Eh wir folgen müssen
Der Jahre Flucht.

Wo du dich selber liebest
So liebe mich
Gib mir, dass, wann du gibest,
Verlier auch ich.»

Immer wieder nahm Jakob Margrietas Hände von seinem Körper, er rutschte zur Seite und drehte seinen Kopf in den nachtkühlen Wind.

Sich nicht verlieren an eine Frau, sich nicht verausgaben mit seiner Kraft.

Und immer wieder holte sie seine Hände zurück. Sie setzte sich auf ihn, sie ritt auf ihm, ihre Arme baumelten wie Zweige im Wind. Er spürte ihre Haare, die sie immer wieder mit dem Kopf zurückwarf. Sie beugte sich zu ihm herunter und leckte das Salz von seinen Augen, seinen Wangen, seinen Ohren und seinem Mund. Sie tat mit ihm, was er nie hatte zulassen wollen. Sie nahm ihm die Unschuld, die er sich bewahrt hatte, weil er glaubte, eine Frau würde ihm die Kraft zum Denken rauben.

«Ich nehme Abschied», sagte er noch leise, bevor er sich ihr zum ersten Mal ergab. Aber er meinte nicht den Abschied von ihr.

Sie lachte ihn aus mit ihrer rauen Stimme.

«Was bist du bloß für ein seltsamer Narr!»

Von den Zehenspitzen bis unter die Haarwurzeln feuerten Blitze, in seinem Kopf sang es.

Es war Nacht, und es wurde Morgen.

Lerchen stiegen hoch in den Himmel und wurden unsichtbar im Dunst, den die Sonne aus den Kolken holte. Drosseln pfiffen und verspotteten die Habichte. Liebestolle Birkhähne krähten den davoneilenden Hennen nach und stolzierten ihnen mit großen Schritten hinterher. Goldammern flöteten, und winzige Zaunkönige flitzten durch die Luft. Die Heidesträucher trugen schon unzählige Knospen, in denen sie ihre Farbe verbargen. Die Birkenstämme schneeweiß, ihre Blätter lindgrün.

Jakob lag allein auf dem Hügel. Unter ihm im Sand eine große Kuhle. Nicht weit entfernt der Schafstall, die Tore standen offen. Der Schäfer zog mit seinen blökenden Schnucken davon, sein schwarzer Hund hielt sie mit kurzem Gebell zusammen. Hinter ihm ging Margrieta.

Aus den Aufzeichnungen des Jakob Brinck

Milchstraße (Via lactea, Circulus lacteus, griechisch Galaxias)

Am Sternenhimmel eine Anhäufung von unzählbar vielen Sternen. Ein in sternhellen Nächten sich darstellender Lichtstreifen, welcher sich nach Art eines Kreises mit einer Hälfte über den Horizont zieht, in ununterbrochenem Zusammenhange. Der Lichtgürtel war schon in den alten Zeiten bekannt. Demokrit schrieb das Licht der Milchstraße dem vereinten Scheine einer großen Menge von Fixsternen zu, die nur zu klein seien, um vom Auge unterschieden zu werden. Ob die zur Milchstraße gehörenden Fixsterne um eine Zentralsonne kreisen, ist nicht erwiesen.
Weise erblickten Spuren einer mythischen Götterwelt in der Milchstraße.

26.

«Du hast versprochen, mir deine Geschichte zu erzählen, Margrieta.»

«Ich habe sie noch nie einem Menschen erzählt.»

«Warum nicht?»

«Es hat mich nie jemand danach gefragt.»

«Wirklich niemals?»

«Doch, der Schäfer hat gefragt. Aber wie kann ich jemandem meine Geschichte erzählen, der von einer Frau nichts wissen will? Es ist auch nichts Besonderes. Alles in meiner Geschichte hat es schon oft gegeben. Willst du sie wirklich hören? Du nickst? Also gut, hör zu …»

Margrietas Gesicht und ihre Hände waren teilnahmslos geblieben wie ihre Stimme, als sie neben Jakob lag und erzählte. Ihre tonlose Stimme hatte ihm Schamröte über sein Geschlecht ins Gesicht getrieben. Er hatte sich abgewandt, sie sollte es ihm nicht ansehen.

Als die Sterne blass wurden, kurz bevor die Vögel aufwachten, hatte sie begonnen, und sie war zu Ende, als die Sonne schon über den Horizont gestiegen war. Und hätte sie erzählt, bevor sie sich auf ihn setzte, wären all die Männer mit ihren Körpern zwischen ihnen gewesen. Margrieta war eine weise Frau. Wie ihre Großmutter Liena.

Jetzt holte Jakob ihre Geschichte noch einmal hervor. Sie hatte sich in seinem Kopf zu Sätzen verwandelt, die nicht die ihren gewesen waren, als sie erzählte, aber der Schrecken veränderte sich nicht.

«Ich bin die Frucht einer protestantischen Niederländerin und eines katholischen Spaniers. Von meinem Vater weiß ich nichts weiter, als dass er meine Mutter während der Belagerung von Ostende schwängerte, ohne dass sie seinen Namen erfuhr. Sie starb gleich nach meiner Geburt. Meine Großmutter, sie hieß Liena, säugte mich zusammen mit ihrem eigenen Kind, das einer Vergewaltigung von drei Männern entstammte, die sie die Heilige Dreifaltigkeit nannte, Vater, Sohn und Heiliger Geist. Ihrem Sohn gab sie den Namen Josua. Er sollte einhundertundzehn Jahre alt werden wie Josua aus der Bibel, das wollte sie. Meine Großmutter war eine lustige Frau. Kurz bevor sich der Stadtkommandant von Breda, das zu den Vereinigten Niederlanden gehörte, dem spanischen Feldherrn Spinola ergab, starb sie an der Pest. Josua und ich blieben bei den Spaniern. Er beschützte mich, wir waren wie Mann und Frau, bis er starb. Den Streit mit den Soldaten Spinolas hatte er meinetwegen. Sein Bauch war danach aufgerissen, die Gedärme hingen heraus, mein Gesicht blutete aus einer Wunde. Ich weiß nicht, wo Josua liegt, aber Gott kennt gewiss den Namen der Erde, wo er verscharrt wurde. Nicht nur einer kam danach über mich, da flüchtete ich. Von dem Vater meines tot geborenen Kindes weiß ich nichts weiter, als dass er auch ein Spanier war und mich schwängerte, noch bevor der Kampf um Breda im Sommer beendet war. Ich lief danach in einem Trupp von niederländischen Söldnern, die Breda nicht mehr verteidigen mussten und auf eigene Faust nach Westen zogen, eine Fahne hatten sie nicht. Einer von ihnen wurde mein Mann. Solange er mich beschützte, war alles gut. Ich sorgte für seine Wäsche und kochte ihm, er besorgte Getreide und Fleisch, und in jeder Nacht kroch er in mich hinein. Der letzte Sommer war bis in den Herbst warm und trocken. Die Söldner gingen voran, Frauen und Kinder liefen hinterher. Am Morgen hatten wir die Sonne vor uns, stand sie steil im Mittag, rasteten wir im Schatten von großen Bäumen, am Abend wärmte sie unsere Rücken. Wir gingen über die Flüsse und um die Städte herum. Dann starb mein Mann, er hieß Jontje. Sein Blut war vergiftet, was weiß ich, wovon. Ich ging weiter mit den Söldnern nach Westen. Bis hier. Dann kamen sieben Männer über mich, der letzte hatte Erbarmen mit mir. Das ist alles, was ich zu erzählen habe.»

Margrietas Geschichte sollte Jakob in seinem Leben nicht mehr vergessen.

«Sie ist nicht anders als andere», hatte sie gesagt.

«Ich wusste nichts von solchen Dingen.»

«Sie können jedem geschehen.»

Nach langem Schweigen hatte er sie wieder angesehen.

«Ich werde im Mai nach Prag gehen.»

«Warum nach Prag? An Elbe und Moldau ist Krieg. Man muss sich nicht ohne Grund in Gefahr begeben.»

«Dem Krieg kann man ausweichen. Die Heere sind schwerfällig, wegen der Geschütze.»

«Niemand verlässt in Kriegszeiten ohne Not seine Heimat. In der Stadt esst ihr doch alle Tage Brot und Hühnerbeine! Trinkt Wein. Ihr habt Häuser zum Wohnen und prächtige Gewänder!»

«Ja, du hast Recht. Ich habe alles, was ein Mensch für sein Leben braucht. Ich hab sogar mehr als das. Es ist etwas anderes.»

«Was treibt dich dann davon? Was willst du in Prag?»

«Ich möchte den Himmel erforschen.»

«Den Himmel? Warum?»

«Ich will mehr wissen, als in der Bibel steht.»

«In der Heiligen Schrift steht alles, was zum Leben nötig ist.»

«Nein, nicht alles. Als sie aufgeschrieben wurde, waren die Wissenschaften noch nicht so weit fortgeschritten wie heute.»

«Wem nützt das Wissen um den Himmel?»

«Ich will die Schöpfungsgeschichte neu schreiben.»

«Meinst du das, was du von der Ordnung gesagt hast?»

«Ja.»

«Wie kann einer sich anmaßen, Gott zu berichtigen?»

«Ich stelle Fragen und suche darauf eine Antwort. Allein finde ich sie nicht. Es braucht Gleichgesinnte dafür.»

«Das verstehe ich nicht.»

«Willst du mit mir zusammen nach Prag gehen? Es ist ein langer Weg dorthin.»

«Warum sollte ich? Ich wohne im Stall des Schäfers. Ich bin seine Frau, aber er braucht keine Frau. Er rührt mich nicht an. Ich lebe gut hier in der Heide. Wer weiß, wie es im Winter in Prag zugeht.»

27.

Die Nacht mit Margrieta versperrte Jakob den Weg nach Prag. Die nächsten Nächte ließen ihn an seinem Ziel zweifeln. Wenn ihn in der Kammer die Hitze überfiel, sah er die sieben Söldner, einen nach dem anderen, mit heruntergelassenen Hosen, wie sie auf Margrieta stiegen und sich befriedigten. Und dann überkam es ihn auch. Dafür schämte er sich, weil er glaubte, es sei eine Sünde, was seine Hände da taten.

War er auf dem Weg in die Heide noch fest entschlossen gewesen, Lüneburg zu verlassen, so schob er es nun von Sonntag zu Sonntag weiter auf, während er in seinen Gedanken schon längst unterwegs war, die drohende Hochzeit im Nacken.

Der Vater nahm es hin, dass Jakob von einem Tag auf den anderen wieder wie früher ihm gegenüber im Kontor saß und Abrechnungen machte, Salz auf den Weg schickte, wenig sprach, aber seine Arbeit gut erledigte.

Stillschweigend bereiteten die Eltern weiter die Hochzeit vor, jeder rechnete mit einem Tag Ende Mai. Dass es dann Juni wurde, hing mit Heinrich Timmermann zusammen.

Es war ein rabenschwarzer Tag, als ins Kontor eine Nachricht platzte, die Lambert Brinck hochrot anlaufen ließ. Ein Kaufmann aus Lübeck hatte hinterbracht, dass in Brinck'schen Tonnen schlechtes Baiensalz als Lüneburger Salz verkauft werde und dass die Kaufleute aus Reval sich darum rissen, weil es um Einiges günstiger angeboten werde als das sonstige Lüneburger Salz.

Lambert Brinck machte sich unangemeldet zu Pferd auf die Reise nach Lübeck, und als er Heinrich Timmermann stellte, wies der ihm empört eine letzte Tonne und öffnete sie vor den Augen des Gastes. Es war nichts anderes darin als bestes Lüneburger Salz.

Und die anderen Tonnen seien längst nach Schonen verkauft, sagte Heinrich Timmermann. Er verbat sich jeglichen Vorwurf des Schmuggels, schwor, keine weitere Bestellung bei ihm aufzugeben, und Lambert Brinck, der auf eine längere Geschäftsbeziehung gehofft hatte, musste unverrichteter Dinge wieder abreisen.

Mit denkbar schlechter Laune kehrte er nach Lüneburg zurück und hatte sich einen Tag später auf der Ratsversammlung auch noch anzuhören, dass man sich seine Salzkunden vorab besser anschauen solle. Darüber wollte er jetzt mit seinem Sohn reden, obwohl es in der Sache nichts, aber auch gar nichts mehr nützte. Beide saßen im Kontor, die Fenster waren wegen der frischen und milden Luft des Aprils zur Straße hin weit geöffnet.

«Du hast vom besten Eindruck gesprochen, den dieser Herr auf dich gemacht hatte», sagte Lambert Brinck bitter, nachdem er seinem Sohn von der unerquicklichen Geschäftsreise berichtet hatte, «da sieht man mal wieder, wie wenig du dich für das Geschäft einsetzt.»

Jakob versuchte sich empört zu wehren. Heinrich Timmermann habe absolut vertrauenswürdig gewirkt, nie sei er, Jakob, auf den Gedanken gekommen, dass der Lübecker die Tonnen nur kaufen wolle, um damit Schmuggel in großem Umfang zu betreiben.

«Deinen Brüdern wäre so etwas nicht unterlaufen, die hätten sich den Händler besser angesehen», sagte Lambert Brinck und blickte aus dem Fenster.

«Man sieht es den Menschen nicht an der Nase an, ob sie etwas taugen oder nicht», wandte Jakob ein. «Heinrich Timmermann war in bestes Tuch gekleidet, und er hatte vorzügliche Manieren.»

«Dir fehlt eben die Menschenkenntnis», sagte Lambert Brinck. «Wie wird das erst gehen, wenn du das Geschäft übernimmst?»

«Wir sollten ihn vielleicht anklagen und vor Gericht bringen», versuchte Jakob es mit einem Vorschlag.

«Vor Gericht, vor Gericht», äffte Lambert Brinck ihn nach. Und seine Stimme wurde immer lauter, je mehr er sich in seine Anklage gegen Jakob hineinredete. Er nutzte diesen ja nicht ungewöhnlichen Betrug mit den Tonnen als Anlass, um mit seinem Sohn abzurechnen, der nichts weiter als ein Buch mit sieben Siegeln für ihn war, was ihn eigentlich noch mehr in Wut versetzte als die Sache mit Heinrich Timmermann.

«Seit zig Jahren schon gibt es immer wieder schwarze Schafe unter den Händlern, und ich sage dir, es stecken die Städte hinter diesem Schwindel. Alle bereichern sich daran. Sie wollen teilhaben an unserem Erfolg, und dann waschen sie ihre Hände in Unschuld. Nichts Neues also. Nur dass es ausgerechnet uns Brincks widerfährt, das passt mir nicht! Und eines schönen Tages werden sie weder unsere noch die Tonnen der anderen Lüneburger brauchen, dann verdrängt das Baiensalz, dieser graue Dreck, unser feines raffiniertes Salz ganz von den Märkten. Jahrzehnte geht das nun schon so! Und dich kann man ja nicht einmal zu den Räten nach Lübeck, Danzig, Hamburg oder Stettin schicken, wo das wieder und wieder geschieht, auch wenn es dann nicht unsere Tonnen sind. Wenn du mit deinem Milchgesicht da aufkreuzt und den Mund nicht aufkriegst, um die Beschwerde vorzubringen, dann lachen die dich doch aus und schicken dich gleich wieder heim nach Lüneburg. Weil du zu keinem entschiedenen Auftreten und Entscheidungen fähig bist, deshalb. Hast du dich schon einmal geäußert, wie es denn nun weitergehen soll nach deiner Arbeit in der Saline? Nein, hast du nicht! Mein Sohn tut so, als ob nichts wäre. Sitzt stumm im Kontor und lässt seine Gedanken sonst wo hinspazieren, nur nicht ins Salz. So sieht es mit dir aus!»

Die Worte des Vaters prasselten auf Jakob ein, sie flogen zum Fenster hinaus, wo sie auf den Gassen widerhallten.

Aber Jakob verschloss seine Ohren. Und genau dies sah Lambert Brinck ihm an. Seine Stimme erhob sich wie die des Pastors von der Kanzel, wenn er seine Schäfchen zurechtwies.

«Wer Ohren hat zu hören, der höre! Was hast du bloß im Kopf? Immer noch den polnischen Ketzer und den böhmischen Scharlatan? Du gehst an Sonntagen nicht einmal mehr in die Kirche, treibst dich stattdessen in der Heide herum!»

Mit einem hörbaren Seufzer tauchte Magdalena draußen am Fenster auf und drückte es von außen gegen den Rahmen. Lambert Brinck zögerte nur kurz, dann wetterte er weiter.

«Sind es neuerdings Naturstudien, die du treibst? Stellst du womöglich auch hier Gottes Schöpfung infrage? Und was wird als Nächstes deine Phantasie beschäftigen? Zu den Sternen fliegen wie Ikarus, dich an der um uns kreisenden Sonne verbrennen und jämmerlich im Meer ertrinken? Willst du salzloses Salz herstellen? Weißt du nicht, was die Bibel dazu sagt? Wenn aber das Salz nicht mehr salzt, womit wird man's würzen? Was sollen wir tun, damit du endlich Würze bekommst?»

Die letzten Sätze hatte Lambert Brinck mit sich überschlagender Stimme geschrien. Jetzt schloss er die Augen, holte ein paar Mal tief Luft und sprach dann ruhig, mit kaum merklich zitternder Stimme, weiter.

«Es wird höchste Zeit, dass du in feste Hände kommst. Lene Andresen wird dich die Freude am Leben lehren. Sie ist genau die Richtige für dich.»

Aus den Aufzeichnungen des Jakob Brinck

Himmel (Himmelskugel, Himmelsgewölbe, Firmament)

Die bei heiterem Wetter blau gefärbt erscheinende Kugel, die den Sehraum eines Beobachters auf beiden Seiten umschließt und auf deren Oberfläche der Beobachter die Sterne erblickt. Befindet sich der Beobachter in dem Mittelpunkt des Himmelsgewölbes, so wird sein Blick nach unten durch den Horizont oder Gesichtskreis begrenzt. Der höchste Punkt des Himmels senkrecht über dem Beschauer heißt Zenith oder Scheitelpunkt, sein Gegenpunkt Nadir oder Fußpunkt. Infolge der Umdrehung der Erde von West nach Ost scheint sich das Firmament mit allen Gestirnen um eine Himmelsachse zu drehen. Die Richtungen vom Beobachtungsort nach den vier Punkten Ost, Süd, Nord und West heißen Himmelsrichtungen. Der auf der nördlichen Halbkugel sichtbare Pol ist am Himmel leicht aufzufinden, da sich in seiner Nähe ein ziemlich heller Stern im Schwanz des kleinen Bären befindet, dies ist der Polarstern.

28.

Jakob kam an den Sonntagen. Sie wartete schon auf ihn. Er scheuchte den Schäfer weg, wenn der dem Hügel zu nahe kam, um seine Schnucken zu weiden. Margrieta nahm die Münzen, die er ihr mitbrachte, und versteckte sie unter ihrem Rock. Er stahl sie aus dem schön verzierten Schrank in der Wand, und es beschämte ihn nicht. Sie wusste um die Zärtlichkeit ihrer Hände, er erkannte die der seinen. Sie streichelte seine Seele. Er streichelte ihr Herz.

Alle folgenden Nächte bei ihr auf dem Hügel waren die Nächte danach. Er zählte sie wie der Pastor die Trinitatissonntage nach Pfingsten. Dann ging er morgens los und kam am nächsten Morgen erst zurück. Die Mutter fragte ihn, wo er seine freien Tage verbrachte, aber er gab ihr keine Antwort.

Am ersten Sonntag danach begannen die Birkenknospen aufzuplatzen. Jakob ging aus dem Neuen Tor hinaus, als die Nikolaikirche die sechste Stunde geschlagen hatte, und er war auf dem Hügel, als die siebente schon lange vorbei war. Margrieta lehnte sich an einen der platten Steine. Er setzte sich dazu, und ihm fiel nichts anderes ein, als verlegen zu lächeln. Worte brauchte es in diesem Augenblick nicht. Bis beide das Fremde zwischen sich stehen lassen konnten, ohne dass ein Baum es weiter absperrte, war die Sonne schon hoch in den Himmel gestiegen, oder wie Jakob es Margrieta erklärte: «Die Erde hat sich ihr weiter zugedreht, während sie gleichzeitig einen Kreis um die Sonne beschreibt.»

Sie war jetzt begierig, mehr darüber zu erfahren, und nahm es als eine ihr unbekannte Schöpfungsgeschichte hin. Er deutete ihr die Vorgänge am Himmelsgewölbe und lernte für sich, die Dinge klar und verständlich auszusprechen. Nach dem Beginn der Dämmerung zeigte er zum Zenit.

«Direkt über uns siehst du die Pranken des großen Bären, und wenn du den Kopf noch weiter zurücklegst, seinen Körper, und wenn du dich umdrehst, siehst du den kleinen Bären.»

«Kennst du die Sage von den beiden Bären?», fragte Margrieta.

Jakob nickte.

«Zeus, der König der Götter, verliebte sich in die schöne Kallisto, die ihm einen Sohn, Arkas, gebar. Kallistos Vater, der grausame König Lykaon, lud Zeus zum Essen ein, und um zu prüfen, ob er wirklich den mächtigen Zeus vor sich habe, zerstückelte er Arkas und servierte ihn. Voller Zorn tötete Zeus Lyakons Söhne mit einem Blitz, verwandelte ihn selber in einen Wolf und versetzte ihn an den Himmel. Dann fügte er Arkas wieder zusammen und gab ihn der Plejade Maja, die ihn aufzog. Hera, die eifersüchtige Gattin von Zeus, verwandelte unterdes Kallisto in eine Bärin. Auf der Jagd erkannte Arkas seine Mutter nicht und verfolgte sie bis in den Tempel des Zeus, den niemand betreten durfte. Zeus verwandelte daraufhin Kallisto in den Großen Bären und Arkas in den Kleinen Bären und setzte beide an den Himmel, wo sie nun friedlich beieinander sind.»

Die Bären wanderten nach Osten weiter, während Margrieta in den Himmel sah und Jakob erzählte.

Sie strich über seine Haare, er legte seinen Kopf in ihren Schoß und vergaß die Zeit.

Es war Nacht, und es wurde wieder Morgen.

Von da an wusste Jakob, dass er sich nur noch für eine kurze Zeit in zwei Leben einrichten musste. Das eine voll Bittersalz, das zu lange in der Pfanne gesiedet worden war. Das andere voller Süße wie der Honig aus der Heide, der nach nassen Sommern zu gären begann und einen Rausch verursachte, wenn man ihn schlürfte.

Am zweiten Sonntag danach raschelten die Birken mit ihren kleinen grünen Blättern, und Jakob erzählte die Sage vom Raben, vom Becher und der Wasserschlange, die eben über dem südlichen Horizont standen. Der Rabe sollte für den durstigen Apollon einen Becher Quellwasser holen; weil er aber die Zeit beim Feigenessen vertrödelte, brachte er als Grund für seine Verspätung eine Wasserschlange mit. Um ihn für die Unpünktlichkeit zu strafen, setzte Apollon Becher, Rabe und Schlange an den Himmel, damit jeder die Verfehlung sehe. Seitdem krächzen alle Raben, weil ihr Bruder am Himmel zu ewigem Durst verurteilt worden ist.

Es war Nacht, und es wurde wieder Morgen.

Am dritten Sonntag danach blühten die wilden Kirschen, und Jakob zeigte an den westlichen Himmel. Er erzählte die Sage von den Zwillingen Castor und Pollux, die unzertrennlich waren. Eines Tages durchbohrte im Kampf eine Lanze Castors Herz, und er hätte nun für immer ohne Pollux im Hades verweilen müssen, der freudlosen Unterwelt der Toten. Pollux bat Zeus um Hilfe, und der Gott gewährte beiden das Vorrecht, die eine Hälfte der Zeit am Himmel zu verbringen und die andere Hälfte im Hades.

Es war Nacht, und es wurde wieder Morgen.

Am vierten Sonntag danach blühten die Holzapfelbäume, und Jakob erzählte die Sage vom gefährlichen Löwen, der im Süden über der Wasserschlange stand. Herkules erwürgte ihn mit bloßen Händen, weil keine Waffe das Fell der Bestie durchdringen konnte. Mit den scharfen Krallen des Löwen zog Herkules ihm das Fell ab und trug es fortan wie einen Panzer. Den abgehäuteten Kadaver setzte er an den Himmel, wo er niemandem mehr gefährlich werden konnte.

Es war Nacht, und es wurde wieder Morgen.

Am fünften Sonntag danach blühten die Fliederbüsche in großen weißen Dolden, und Jakob erzählte die Sage von der Jungfrau Persephone, der Tochter von Demeter, der Göttin der Fruchtbarkeit, die im Osten des Himmels stand. Gott Hades entführte Persephone in seine Unterwelt, worüber Demeter so unglücklich war, dass Missernten eintraten und die Menschen hungers starben. Demeter verhandelte mit Hades, schließlich ließ der Totengott Persephone die Hälfte der Zeit am Himmel weilen; nur die andere Hälfte musste sie bei ihm in der Unterwelt verbringen. Ist sie dort, herrscht Winter, steht sie am Himmel, beginnt der Frühling.

Es war Nacht, und es wurde wieder Morgen.

Am sechsten Sonntag danach blühte im Gras das Wiesenschaumkraut, und Jakob erzählte die Sage von der Waage am östlichen Himmel, die diesen Namen zu Ehren des römischen Kaisers Augustus trägt, wegen seiner großen Gerechtigkeit und seiner Reform des römischen Kalenders.

Es war Nacht, und es wurde wieder Morgen.

Am siebenten Sonntag hatten die Kirschen Früchte angesetzt, und Jakob zeigte Margrieta das Sternbild des Herkules am östlichen Himmel, in den er sich am liebsten verwandelt hätte, um die Welt aus den Angeln zu heben, sagte er zu Margrieta. Es waren noch zwei Wochen, bis die Hochzeit mit Lene stattfinden sollte. Er würde sie nicht berühren, versprach er Margrieta, wie er es Lene auch versprochen hatte. Margrieta lachte und sagte, Lene wäre ihr ebenso gleichgültig wie all die Männer, die sich bisher auf sie gelegt hätten, bis auf ihn, und solange er an den Sonntagen zu ihr auf den Hügel käme, wäre alles wie bisher.

«Willst du nicht doch mit mir gehen?», fragte Jakob.

«Nein», sagte Margrieta. «Ich habe dem Schäfer versprochen, ihm um Johanni bei der Kräutersammlung zu helfen. Das ist unser Bündnis, das haben wir so ausgemacht. Arnika will er sammeln, die ist gut gegen Knochenbrüche und auch für den Hals.»

«Der Schäfer weiß viel über Menschen und Krankheiten, aber an das Weissagen aus der Hand glaube ich nicht.»

«Ich auch nicht», lachte Margrieta. «Das tut er doch nur, wenn er Geld braucht.»

Sie pflückte einen Heidezweig und gab ihn Jakob.

«Leg ihn unter dein Kopfkissen», sagte sie.

«Warum?», fragte er.

«Dann werden deine Träume wahr.»

Als Jakob aus der Heide zurückkehrte, saßen Lambert Brinck und Diedrich Andresen im Kontor zusammen und handelten in einem Ehevertrag die Mitgift aus. Jakob hörte zu, sagte auch dies und das und fühlte sich wie eine Schnucke, die der Schäfer aus der Haut geboxt hatte.

Jetzt bereitete seine äußere Haut ruhig die Hochzeit vor, aber innendrin plante er unruhig den Weg aus der Stadt. Niemand sollte ihm ansehen, was in ihm vorging, und es sah ihm auch keiner an. Sie alle waren zu sehr mit den Vorbereitungen für das große Ereignis beschäftigt.

Diedrich Andresen erklärte sich schließlich bereit, die Hälfte der Hochzeitskosten zu tragen und seiner Tochter Lene drei neue Mäntel mitzugeben, einen davon, den Sonntagsstaat, aus rotem Tuch und mit Hermelin gefüttert. Außerdem sollte sie eine halbe Pfanne Siederecht zur Rente bekommen. Und was die Aussteuer betraf, die Betten, Laken und Kissen, die Tischtücher, die Handtücher, die Badelaken, das alles machten Herdeke und Magdalena untereinander aus, die in derlei Dingen durch ältere, verheiratete Kinder ihre Erfahrungen schon gesammelt hatten. Jakob hörte, wie sie sein künftiges Leben regelten und Vorsorge trafen für jeden erdenklichen Fall.

29.

Himmelschlüsselgelb stand die Sonne am blauen Himmel. Weiße Schäfchenwolken rahmten sie ein. Nur die ersten Tage im Juni kennen diesen Duft aus den Gärten hinter den Häusern.

Früh am Morgen sind es betaute Blätter, eben aus dem nächtlichen Schlaf erwacht, am Mittag verströmen aufblühende Kräuter voller Öle ihr Aroma, am Nachmittag würzt der Rauch kleiner Holzfeuer in den Küchenherden die Luft, am Abend perlt der Wein in den Gläsern auf dem Gartentisch zwischen den Buchsbaumhecken, deren Blattgeruch an frisch ausgehobene Erde erinnert. Selbst der immer währende Latrinengestank und der warme Dunst aus den Ställen versteckten sich dahinter. Hinzu kam heute der Duft vom Bienenwachs, aus dem die Mägde die Brautlichte zogen. Sie verzierten sie mit Blumen und Ranken, und besonders die beiden dicken Lichte für den Altar schmückten sie mit eingesteckten feinen ledrigen Rosmarinblättern und blauen Ritterspornblüten aus.

Am ersten Tag der zwei Tage dauernden Hochzeit von Lene und Jakob war die Kirche geschmückt mit Margeriten und Levkojen, mit Kornrade, Rittersporn und Mohn, wurde der Braut zu Ehren und zum Segen eine Andacht gehalten, stand der Knabenchor bereit, wartete der Sänger vor der Orgel auf seinen Einsatz, thronte die Braut im Seidenkleid, das eine Schleppe zierte, mit hochrotem Gesicht inmitten der Freundinnen ihrer Jungfernzeit, die sie um ihr Glück beneideten.

An diesem Tag des blauen Himmels trug Jakob Brinck feinstes graues Tuch, darunter ein weißes, leinenes Hemd. Er saß zwischen sechs jungen Männern, die ihm ab und an wegen seines kalkweißen Gesichts aufmunternd zunickten und gewiss schon an den gebratenen Hahn dachten, den sie ihm am Abend zur Hebung der Manneskraft servieren würden. Und allesamt, Jungfern und Jungmänner, trugen ein Lächeln im Gesicht, denn auf die Trauzeremonie folgt immer der Hochzeitsschmaus.

An diesem Tag voller strahlendem Sonnenschein stießen sich die Gedanken des Träumers am Sternengewölbe der Kirche und vermochten nicht, den Himmel dahinter zu sehen. Wenn er sie losschickte, zerbarsten sie in seinem Kopf mit einem lauten Knall, den nur er hörte.

An diesem Festtag sang zunächst hell der Knabenchor das neueste vom Lehrer einstudierte Lied, diesmal nicht lateinisch, sondern in der Muttersprache, wie es in letzter Zeit üblich geworden war. Er sang den Psalm dreiundzwanzig vom Herrn, der den Menschen ein getreuer Hirte ist, der ihn zum reinen Quell weist und ihn führet auf rechter Straße.

«Und ob ich wandert im finstern Tal,
fürcht ich doch kein Unglücke
in Leid, Verfolgung und Trübsal,
in dieser Welten Tücke:
denn du bist bei mir stetiglich,
dein Stab und Stecken trösten mich,
auf dein Wort ich mich lasse.»

Und kaum war das Lied beendet, trat der Sänger einen Schritt vor die Orgel, lockerte sich mit einer eleganten

Bewegung den Kragen und ließ andächtig lauschend der Orgel das Vorspiel bis zum Einsatz seines wunderbar gewählten Liedes, das er mit jubelnder Stimme schmetterte, so innig er es angesichts des jungen Glücks vermochte.

«Wie schön leuchtet der Morgenstern
du Sohn Davids aus Gottes Stamm,
voll Gnad' und Wahrheit von dem Herrn,
mein König und mein Bräutigam,
die süße Wurzel Jesse
hat mir mein Herz besessen;
lieblich, freundlich, schön und herrlich,
groß und ehrlich, reich an Gaben,
hoch und prächtig und erhaben.»

Und kaum hatte der Sänger den ersten Vers mit einem tiefen und ebenso erhabenen Ton beendet, gab der Pastor von der Kanzel seinen Segen über die Hochzeitsgäste, danach las er aus den Kapiteln vom Hohelied, das er mal flüsterte und mal mit der gewaltigen Kraft seiner Stimme hallen ließ. Und hatte der Träumer bei den Liedern nichts gehört, weil ihm die Gedanken zerbarsten, so quälten ihn jetzt die aufsteigenden Tränen, die nicht aus seinen Augen fallen durften, und er konnte die Ohren nicht vor den Worten Salomos verschließen, die ihn verwirrten.

«Ich suchte des Nachts in meinem Bette, den meine Seele liebt. Ich suchte, aber ich fand ihn nicht. Ich will aufstehen, und in der Stadt umhergehen auf den Gassen und Straßen, und suchen, den meine Seele liebt. Ich suchte, aber ich fand ihn nicht. Es fanden mich die Wächter, die in der Stadt umhergehen: Habt ihr nicht gesehen, den meine Seele liebt? Da ich ein wenig vor ihnen ging, fand ich ihn, den meine Seele liebt. Ich halte ihn und will ihn nicht lassen. Gehet heraus und schauet an, ihr Töchter Zions, den König Salomo, in der Krone, da seine Mutter ihn gekrönet hat am Tag seiner Hochzeit und am Tag der Freude seines Herzens.»

Nur einen Moment hielt der Pastor seine Stimme an, dann hauchte er die Liebeserklärung an die Braut in das Kirchenschiff hinein, dass es still wurde und niemand auch nur ein Räuspern wagte.

«Siehe, meine Braut, du bist schön, schön bist du. Deine Lippen sind wie eine rosinenfarbene Schnur, und deine Wangen sind wie der Ritz am Granatapfel zwischen deinen Zöpfen. Deine Lippen, meine Braut, sind wie triefender Honigseim, Honig und Milch sind unter deiner Zunge, und deiner Kleider Geruch ist wie der des Libanons. Dein Gewächs ist wie ein Lustgarten von Granatäpfeln, mit edlen Früchten. Cypern mit Narden, Narden mit Safran, Calmus und Cynnamen, mit allerlei Bäumen des Weihrauchs, Myrrhen und Aloes. Wie ein Gartenbrunnen, wie ein Born lebendiger Wasser, die vom Libanon fließen. Stehe auf, Nordwind, und komm, Südwind, und wehe durch meinen Garten, dass seine Würze duften.»

Im pfeilschnellen Flug hoch um St. Nikolai zwitscherten die Mauersegler, weiterhin schönstes Wetter verheißend, als die Hochzeitsgäste, noch trunken vom Hohelied Salomos, die Kirche verließen. Auf dem Platz um die Kirche herum lagerte zerlumptes Gesindel aus den Dörfern, hielt die Hände für eine Gabe auf, andere hasteten mit Säcken auf den Rücken vorbei, ohne ein Ziel vor ihren Augen zu sehen. Aber das kümmerte die Hochzeitsgäste nicht. Leichtfüßig schritten sie durch die Menge derer, die kein warmes Mahl erwartete, und ein Festmahl schon gar nicht.

Gemeinsam mit den jungen Männern nahm Jakob im Garten seines Elternhauses eine Mittagsmahlzeit ein. Ebensolches tat Lene mit den jungen Frauen im elterlichen Garten.

Das Wetterleuchten sah zwischen den eng stehenden Häusern niemand. Als es zu regnen begann, flüchteten alle mit viel Gelächter ins Haus, und als es blitzte und donnerte, wussten sie sich Geschichten vom Donnergott zu erzählen, an den sie natürlich nicht glaubten, wie sie einander versicherten.

Am Abend kamen alle zusammen und aßen miteinander in der großen Stube des Brinck'schen Treppengiebelhauses. Die Augen der Gäste richteten sich auf die immer stiller werdende Braut, auch Jakobs bleierne Schwere fiel auf. Unter Grölen und Anspielungen auf die Hochzeitsnacht, die wegen der Kirchenfeier bereits erlaubt war, überreichten die jungen Männer Jakob einen frisch gebratenen und köstlich duftenden Hahn, den er mit einem Umtrunk von Bier bezahlte.

In der von Magdalena hergerichteten Kammer lag Lene, bis an die Nase zugedeckt unter den Federn, als Jakob mit einer Öllampe in der Hand hineinkam. Sie atmete gleichmäßig und ruhig, als ob sie längst schliefe. Jakob löschte die Lampe und zog sich aus. Die Weste und das leinene Hemd mit den langen Ärmeln, das Unterhemd mit den kurzen Armen und die leicht geplusterte dunkle Hose. Über die Unterhose zog er das Nachthemd, das auf dem Bett gelegen hatte. Als er sich leise neben Lene legte und mit dem Federbett zudeckte, wartete er einen Moment und lauschte. Ihre Atemzüge waren jetzt so laut, dass er sie wach glaubte. Traurigkeit überfiel ihn.

«Bist du noch wach?», fragte er.

«Ja», sagte Lene leise.

«Ich glaube nicht an Weissagungen aus der Hand», sagte er.

«Aber ich», flüsterte Lene. «Und denk an unser Bündnis. Ich warte auf dich. Ich warte auch, dass du die Astrologie studierst und mir ein Horoskop aus den Sternen stellst, wenn du zurückkommst. Dann wird hoffentlich alles gut für mich sein.»

«Ja», sagte er.

«Geh bald los», flüsterte sie.

«Ja», sagte er.

«Jakob?»

«Ja?»

«Es macht mir nichts aus, wenn du in Prag zu solchen Frauen gehst. Meine Mutter hat gesagt, alle Männer tun es vor der Hochzeit, um Erfahrung zu sammeln. Du darfst dich nur nicht bei ihnen anstecken.»

Er wühlte sich tief in sein Kissen und schämte sich, dass er Lene, die so voll Vertrauen zu ihm war, nicht die Wahrheit sagen mochte.

«Es macht mir wirklich nichts aus», schluchzte Lene.

Jakob nahm ihre Hand in seine und schämte sich noch mehr. Er wollte etwas sagen, aber die Worte blieben ihm im Hals stecken. Immer wieder würgte er sie herauf und kaute sie, bis er sie gänzlich heruntergeschluckt hatte. Es war der Vorabend der Eheversprechung im Rathaus, die Feier in der Kirche war nur der Auftakt gewesen.

30.

An diesem ersten Tag der Hochzeit von Lene und Jakob geschahen vor den Toren der Stadt wieder einmal Dinge, die das Tageslicht scheuen, denn über der Heide hingen dunkel die Gewitterwolken.

«Steck Arnika an, steck Arnika an, dass sich das Wetter entscheiden kann», rief der Schäfer. Er sah zum Himmel. Gerade hatte noch die Sonne in seine Augen gestochen. Dicke schwarze Wolken zogen von Westen auf, in der Ferne wetterleuchtete es.

Die Arnika stand dicht beieinander, sie trug Knospen, viele davon schon aufgeblüht zu gelben Köpfen mit Strahlen wie der Kranz der Sonne, darunter eiförmige grüne Blätter. Der Schäfer zeigte Margrieta die Stellen in der Heide, an denen sie in großen Kolonien wuchs. Er pflückte ein paar Stängel mit Blüten daran ab und steckte sie, als sie zurückkehrten, an das Dach des Stalls.

«Arnika-Wohlverleih brauchst du gegen Gewitter und Hagel», sagte er. «Auch bei Verletzungen lege ich es auf, wie Beinwell auf deinen Knöchel. Wir sammeln es aber erst am Johannitag, dann ist seine Kraft am stärksten. Es wird im Schatten getrocknet, ein leichter Wind ist von Vorteil dabei.»

«Morgen ist schon Johanni, die Sonne stand ja über uns im Zenit», sagte Margrieta. «Vielleicht gehe ich morgen mit Jakob nach Prag.»

«Heut gibt es Gewitter», sagte er und pfiff nach Merlin.

«Hast du mich nicht verstanden?», fragte Margrieta.

«Unser Bündnis ist ein anderes», murmelte er. «Was willst du in Prag?»

«Ich weiß es auch nicht», sagte sie.

«Lass uns die Schnucken zusammentreiben.»

Margrieta lauschte in den aufkommenden Wind.

«Lass uns die Schnucken zusammentreiben», forderte der Schäfer sie noch einmal auf. «Los, Merlin, jag sie auf einen Haufen.»

Nun war schon fast der ganze Himmel schwarz. Zwischen den Wolken blitzte noch einmal grell die Sonne auf, dicke Regentropfen fielen. Ein Regenbogen spannte sich über die Heide, unter ihm die Schnucken, von Merlin zusammengehalten.

«Schau die bunten Bänder an», sagte Margrieta. «Daraus hat Gott bei der Schöpfung alle Farben der Blumen gemacht, und manche hat er auch miteinander vermischt.»

Der Schäfer erwiderte darauf nichts. Margrieta folgte seinem erschrockenen Blick. Über dem Stall war ein zweiter Regenbogen erschienen. Er stand auf dem Kopf, seine Enden ragten in den Himmel, die Farben blass auseinander laufend. Die Sonne verschwand, das Land ringsum wurde fahl ohne Licht und Schatten, der Horizont stieß ohne Übergang an den Himmel. Der Regenbogen war fort. Es blitzte und donnerte.

Margrieta drehte wieder ihre Ohren in den Wind.

«Das ist kein Donner», sagte sie. «Das sind Geschütze!»

Er stand ganz still und lauschte.

«Komm weg!»

Er griff nach Margrietas Arm und zog sie mit sich. Sie stolperte ihm nach, fiel hin, er riss sie hoch und zerrte sie mit sich. Sie sah sich um. Überall auf der Heide tauchten Söldner aus dem Kraut, hinter ihnen, vor ihnen, um sie herum. Sie schrien, sie brüllten, sie hoben ihre Säbel und Schwerter, einige rannten auf die Schnucken zu.

«Zum Hügel, zum Stein!»

Der Schäfer schubste sie vor sich her. Sie begann zu rennen, dann sah sie sich im Laufen um. Josef stellte sich den Soldaten entgegen und schwang sein großes Messer, dann zog er seinen Säbel. Mit lautem Gebrüll stürzten sich die Männer auf ihn, zwei fielen gleich mit erhobenen Armen in die Heide. Margrieta erreichte den Hügel, lief um ihn herum und rüttelte an dem runden Stein. Die Luft war erfüllt vom Geschrei der Männer und dem aufgeregten Blöken der Schnucken. Ihr Herz pochte. Endlich löste der Stein sich, sie schob ihn beiseite und stieg in ein dunkles Loch dahinter. Von innen zog sie den Stein wieder vor die Öffnung. Dann kroch sie in der Dunkelheit voran. Sie stieß sich an Felszacken und scheuerte sich die Knie auf, bis sie in eine niedrige Höhle gelangte, die sie mit ihren Händen ertastete. Stehen konnte sie nicht. Also setzte sie sich aufrecht hin und lehnte sich an einen Felsen. Ihre Hände und ihre Knie brannten. Die Schreie der Schnucken und das wütende Bellen von Merlin gellten in ihren Ohren, als sie die Hände faltete und flüsternd zu beten begann.

«Unter deinem Schutz und Schirm fliehen wir, o heilige Gottesgebärerin; verschmähe nicht unser Gebet in unseren Nöten, sondern erlöse uns jederzeit von allen Gefahren, o du glorwürdige und gebenedeite Jungfrau, unsere Frau, unsere Mittlerin, unsere Fürsprecherin, versöhne uns mit deinem Sohne, empfiehl uns deinem Sohne, stelle uns vor deinen Sohne.»

Draußen war es still geworden. Nur noch der Regen rauschte mit lautem Getöse herab. Er sammelte sich an dem Felsdach über Margrieta in einem stetigen Tropfen, der neben ihr auf den Stein prallte und zerplatzte. Sie flüsterte weiter.

«Schütze und beschirme uns und stehe allen Sterbenden bei, erbarme dich der Seelen im Fegefeuer und nimm sie bald in die Wohnungen der ewigen Freude und Seligkeit auf und gib ihnen die ewige Ruhe. Amen.»

Sie hielt ihren geöffneten Mund den Tropfen entgegen und schluckte einen nach dem anderen. Die Jungfrau Maria war ihr zu Hilfe gekommen. Sie wird auch Josef geholfen haben. Es waren keine Schreie mehr zu hören. Sie horchte weiter, bis Schlaf sie umfing.

Am zweiten Tag in der Höhle fiel ein Sonnenstrahl auf den steinigen Boden.

«Es ist Johanni», flüsterte Margrieta.

Der niedrige Raum war von riesigen Steinplatten umgrenzt. Mit einem Deckel verschlossene irdene Töpfe standen an den Seiten aufgereiht, zwischen ihnen silberne Ringe, Armbänder, Ketten und Spangen, wie Margrieta sie noch niemals gesehen hatte. Auf den Töpfen lag ein Laib Brot, daneben standen Josefs Salztopf sowie eine Wasserkruke. Das Salz war feucht. Sie tauchte einen Finger hinein und leckte ihn ab. Danach aß sie vom Brot, trank vom Wasser und faltete ihre Hände.

«Gebenedeite Mutter meines Erlösers, selige Jungfrau Maria, ich danke dir für deine Gaben, wache über mich auf meinem Weg zu Josef nach draußen und behüte mich vor allem Übel. Amen.»

Durch den dunklen Gang kroch sie voran, sie lauschte lange und drückte dann den Stein beiseite. Die Sonne knallte in ihr Gesicht. Margrieta wand sich heraus, schob den Stein wieder vor die Öffnung, stand auf und schlich gebückt auf den Hügel. Was sie sah, ließ sie in die Knie gehen, aber sie betete nicht.

Auf den Gedärmen der toten Schnucken saßen schwarze Raben, und graue Krähen und rissen mit ihren spitzen Schnäbeln daran, flogen auf und schleppten Teile davon. In der Ferne standen ein paar Schnucken friedlich im Kraut und fraßen von der Arnika.

Mit pochendem Herzen stieg Margrieta vom Hügel herab, vorbei an zwei toten Söldnern voller Blut, ohne Säbel, ohne Schwert, ohne Kleider. Sie schlug ein Kreuz vor der Brust und lief weiter. Dann fand sie den Schäfer. Als ob er in der Sonne schliefe, lag er nackt auf dem Rücken. Sie kniete neben ihm und drückte seine Lider auf die leeren Höhlen der Augen, nahm ihren Umhang und legte ihn als ein Leichentuch über seinen Körper.

«Ich war feige, Josef. Vergib mir.»

Danach weinte sie um ihn, wie sie um Josua geweint hatte.

Langsam und brennend stieg die Sonne vom Himmel herab, und es war hell bis fast um Mitternacht, als der Mond aufging, groß und glänzend rot, um seine Wanderung von Ost nach West zu beginnen.

In dieser Vollmondnacht haderte Margrieta mit der Jungfrau Maria, mit Jesus und mit Gott.

Sie glaube nicht an eine unbefleckte Empfängnis, sagte sie zu Maria, dies sei nichts als eine schändliche Lüge, denn unbefleckt sei jede Empfängnis, die in Liebe geschehe, und wahrscheinlich sei Jesus doch ein Sohn von Josef gewesen, was sie beide nur nicht hätten zugeben wollen, weil sie für ihren Sohn einfach Besseres vorgehabt hätten, als Zimmermann oder Maurer zu werden. Jesus machte sie den Vorwurf, er hätte sich von der Pflicht, die sein Vater in ihn gesetzt hatte, nämlich Gottes Sohn zu sein, einfach befreien müssen, dann wäre er auch nicht ans Kreuz genagelt worden. Zu Gott sagte sie nichts weiter, als dass es so nicht gewesen sein könne mit der Schöpfung der Erde, ihren Bergen und Meeren, den Pflanzen, Tieren und Menschen, und auch das Himmelsgewölbe mit den Lichtern könne er nicht erschaffen haben. Dies sei für einen Einzelnen schier unmöglich, aber zum Glück wisse sie einen, der erforschen werde, wie alles entstanden sei, der wisse auch, dass die Erde sich um die Sonne dreht und nicht umgekehrt.

Als die Sonne endlich aufging, verließ Margrieta ihren Platz an der Seite des Schäfers, holte eine Schaufel aus dem Stall und grub damit am Fuß des Hügels ein Grab. Als das Loch tief genug war, ging sie zu dem Schäfer zurück, fasste ihn unter den Armen und hob ihn hoch. Wo er gelegen hatte, fand sie sein blutiges Messer. Die Heidesträucher knickten unter seinem Gewicht ab, manche richteten sich wieder auf, als sie ihn zum Hügel zog und in das Grab legte, dazu in seine rechte Hand das Messer, von dem sie vorher sorgfältig das Blut abputzte. In seine andere Hand gab sie einen Strauß gelber Arnika. Bei jeder Hand voll Sand, die sie danach auf ihn warf, sprach sie ein paar Worte, und die hörten sich so an: «Eine für Josef, eine für Christofferus, eine für Maja, eine für Arnika, eine für Beinwell, eine für die Schnucke, eine für den Bock, eine für Merlin …» Merlin. Wo war Merlin?

Sie schaufelte den Sand über den Schäfer, bis nichts anderes mehr zu sehen war als ein gelber Fleck in der Heide, über den der Wind pfiff. Die restlichen Gedärme der Schnucken hängte sie in den Wacholderbäumen auf, dann ging sie los, Merlin zu suchen. Ihr Haar war nass vom Schweiß des Grabens.

31.

Kurz vor Sonnenaufgang packte Jakob ein Bündel mit Hemd, Hose und Handtuch, steckte seine Aufzeichnungen nebst Tinte und Feder mit hinein, nahm sich ein Brot aus der Küche, einen Beutel Salz und eine Kruke für Wasser mit und schärfte Lene ein, erst etwas zu sagen, wenn sein Verschwinden gar nicht mehr geheim zu halten wäre. Lene versprach es. Von dieser Stunde an wartete sie auf seine Rückkehr.

Niemand sah es, als er frühmorgens das Haus verließ und mit schnellen Schritten davonging. Kurz vor dem Bardowiker Tor kehrte er noch einmal um. Es gab noch etwas zu erledigen. Er klopfte an die Tür seines alten Lehrers, die sich sofort öffnete. Mit langen, dünnen Haaren stand die Schwester des Lehrers vor ihm und murmelte nichts weiter als: «Mein Bruder, Gott hab ihn selig, ist heut Nacht zu unserem Herrgott gegangen.»

«Darf ich ihn noch einmal sehen?», bat Jakob.

Lehrer Reinecke lag auf seinem Lager, bis zum Kinn unter einem weißen Laken, darüber die Hände, in denen er die Briefe seiner Söhne festhielt.

«Er gibt sie nicht her», klagte die Schwester.

«So lasst ihn sie mitnehmen», sagte Jakob.

«Dann verbrennen sie im Fegefeuer», jammerte sie.

«Nein», sagte Jakob, «Euer Bruder kommt nicht ins Fegefeuer. Er sieht nun herab aus dem Himmel, wie unsere Erde um die Sonne wandert.»

Der Mund der Schwester blieb lange offen. Ein modriger Luftzug streifte Jakob, als sie die Tür hinter ihm zudrückte. Mit Trauer im Herzen verließ Jakob die Stadt durch das Bardowiker Tor.

Jede Geschichte hat einen Anfang und ein Ende. Der Traum, gesät vom Alten vor vielen Jahren in Jakobs Kopf wie Samen in die Erde, die keimten, aber nicht wuchsen und gelb blieben, weil ihnen die Fruchtbarkeit versalzen war, sollte jetzt austreiben und Früchte tragen.

Sommerwind wehte. Sand staubte auf in feiner Körnung. Verborgen noch im Dunst des anbrechenden Tages die Sonne, Wärme verheißend für den Weg an die Elbe. Alles bleibt zurück, es gibt kein Gestern, nur noch heute und morgen. Der Hund, der ihm auf drei Beinen entgegenhumpelte, war Merlin. Angst kroch in Jakob hoch. Er hob das Tier auf, ein Hinterlauf hing schlaff herunter. Den Hund neben dem Beutel über die Schultern gelegt, lief er auf den Stall zu, so schnell er konnte. Er sah die Gedärme in den Bäumen und legte Merlin auf das Stroh im Stall. Mit dem bauchigen Teil einer zerbrochenen Kruke schöpfte er Wasser am Bach, das er dem Hund zu trinken gab. Als er das Tor hinter sich schließen wollte, jaulte Merlin und hinkte ihm nach. Erst vom Hügel aus sah Jakob die Spuren des Kampfes. Sein Herz krampfte sich zusammen. Die Kreise, die er suchend zog, wurden immer größer, bis Merlin vor Freude bellte und Margrieta zwischen der blühenden Arnika fand. Um sie herum weideten friedlich drei Schnucken.

Jakob legte seinen Beutel ab. Margrieta drückte ihre Stirn an Merlins schwarzes Fell.

«Ich habe Merlin gefunden», sagte Jakob.

«Josef ist tot», sagte sie.

Jakob strich ihr wortlos das nasse Haar aus der Stirn.

«Komm mit mir», sagte er.

«Wir haben ein Bündnis geschlossen, der Schäfer und ich. Wie kann ich dann fortgehen?»

«Aber er ist tot. Dann hat auch das Bündnis keine Bedeutung mehr.»

«Und wer kümmert sich um die Schnucken? Wer sorgt für Merlin?»

«Wir nehmen ihn mit.»

Sie besah sich das Bein von Merlin, pflückte Blätter von der Arnika, nahm sie in den Mund und zerkaute sie. Den Brei legte sie an seinen Lauf und wickelte Grashalme herum, die sie verknotete. Sie sah zu Jakob. Ihre bunten Augen funkelten ihn an.

«Komm mit nach Prag», bat Jakob noch einmal.

«Ich bleibe hier», sagte Margrieta.

Sie pflückte einen Strauß Arnika und gab sie Jakob in die Hand. Er stand da, die sonnengelben Blumen in den Händen, und wusste jetzt, dass sie das heliozentrische System in ihm war, mit Kreisen und Ellipsen, Monden und Fixsternen und mit den unberechenbaren Bahnen der Planeten.

«Ich werde niemals wieder mit einer anderen Frau zusammenliegen», sagte er.

Sie lachte. Dieses raue Lachen.

«Wir beide haben kein Bündnis miteinander geschlossen», sagte sie.

Er nahm seinen Beutel auf, warf ihn über die Schulter.

«Im November werden die Plejaden wieder am Kopf des Stieres stehen», sagte er, bevor er ging. Dann drehte er sich noch einmal um.

«Dann werde ich zum Himmel sehen», sagte sie.
«Leb wohl, Maja.»
«Gute Reise, Jakob.»

Blutrot spiegelte sich die Abendsonne in der Elbe. Zweige der Weidenbäume an ihrem Saum reichten bis in das Wasser, abgewetzt von der Hochflut nach dem Regen, trugen sie Marken aus Schilf. Unter ihnen schwammen Enten, eine hinter der anderen. Ausgefahren, vertreten, der Weg am Ufer, voller Pfützen in den Furchen und Löchern. Nur die Spuren vor ihm trieben Jakob voran. Jedes Blatt, jeder Abdruck eines Hufes, jede Furche eines Rades, graue und gelbe Steine, mal eckig, mal rund, Kuhfladen voller glänzender Käfer, Spatzen auf den Pferdeäpfeln, einzig sie füllten die Leere an, die sein Körper trug, schwerer als alle zweihundertundsechzehn Pfannen aus Blei in den Hütten der Saline.

Bis der Reiter direkt neben ihm auftauchte, hörte Jakob ihn nicht. Es war sein Vater, der sich ihm in den Weg stellte, die Zügel um den Bauch gebunden, schwer atmend, den Kopf röter als die Sonne am Himmel, die Augen flimmernd wie die Spiegelung der Zweige im Wasser.

«Du kommst sofort mit mir zurück!», forderte er Jakob auf.

«Nein!», sagte Jakob leise. «Ich gehe!»

«Mein Sohn ist ein feiger Hund!», höhnte Lambert. «Er läuft vor seinen Pflichten davon.»

Lambert Brinck stieg vom Pferd, die Zügel noch um den Bauch gebunden. Er griff nach Jakobs Arm. Jakob stieß ihn zurück. Das Pferd wieherte. Laut schnatternd flogen die Enten über ihre Köpfe hinweg. Das Pferd bäumte sich auf, es scheute zur Seite, brach aus und galoppierte davon. Ein Schrei; Lambert Brinck wurde wie eine Strohpuppe mitgerissen. Er hing kopfüber in den Zügeln und schleifte hinter dem Pferd her, bis sich beide im goldenen Grün der Wiesen verloren.

In der Nacht vom siebten auf den achten März des Jahres Sechzehnhundertundvierundvierzig irrte ein stark gekrümmter Komet mit sechs fächerförmig ausgebreiteten Lichtschweifen über den nördlichen Himmel. Katholische wie auch Reformierte glaubten daraufhin, der Krieg werde noch weitere sechs Jahre andauern, und versanken in tiefe Schwermut. Aber sie irrten sich. Der Krieg sollte nur noch vier Jahre währen. Im Oktober Sechzehnhundertundachtundvierzig wurde in Münster ein Friedensvertrag unterzeichnet. Die Kämpfe hatten verbrannte Erde, menschenleere Dörfer und verwüstete Städte, ungezählt gebliebene tote Soldaten und eine durch Kampfhandlungen, Hunger und Pest geminderte Zivilbevölkerung hinterlassen; weder zu der einen noch der anderen Glaubensrichtung Ruhm. Am Ende hatte sich die Zahl der im Heiligen Römischen Reich lebenden Menschen auf sechzehn Millionen verringert.

Jakob Brinck war inzwischen in Florenz ansässig, wohin er auf vielen Umwegen gelangt war. In Prag hatte er Johann Kepler nicht mehr angetroffen, der war da schon verstorben. In Padua lernte Jakob gerade noch Galileo Galilei kennen, bevor ihn die Inquisition nach Rom zitierte und ihm verbot, seine Lehre, die auf dem kopernikanischen System beruhte, schriftlich oder mündlich weiterzuverbreiten. Die katholische Kirche beharrte nach wie vor auf der Erde als dem Mittelpunkt des Himmels und verfolgte jeden, der dies öffentlich bezweifelte, als Ketzer. Jakob folgte Galilei nach Rom, in die Verbannung nach Siena und Florenz und war bis zu dessen Tod sein geheimer und gelehriger Schüler.

In Florenz hatte Jakob Marcus, den Sohn des Lehrers,

ausfindig gemacht und von ihm erfahren, dass der Vater von seinem Pferd bis vor die eigene Haustür zu Tode geschleift worden war. Marcus wusste auch von Lene zu berichten. Sie ließ nach einem Jahr die Ehe aufheben und verheiratete sich mit Jakobs Bruder Lukas, der mit zwei Kindern aus Halle zurückgekehrt war, nachdem ihm die Frau im Kindbett verstorben war. Ob Lene selbst noch Mutter wurde, darüber hatte Marcus nichts gehört.

Jakob hatte sein Studium der Astronomie abgeschlossen und forschte in Florenz, immer auf der Hut, nichts von dem preiszugeben, was er wirklich wusste. Seinen Lebensunterhalt bestritt er als Schreiber in einem Handelshaus, wo er für die Korrespondenz in den Norden bald unentbehrlich wurde. Er betrachtete den Kometen mit den sechs Schweifen durch sein großes Himmelsfernrohr und öffnete eine Lade im Haus seiner Erinnerung, in dem der Tag verwahrt war, an dem er auf dem Kalkberg zu Lüneburg den Entschluss gefasst hatte, seinen Neigungen nachzugehen und nicht der Pflicht zu gehorchen.

Im Alter von über vierzig Jahren lernte er eine wohlhabende Kaufmannstochter kennen, die dem Kosenamen ihrer Stadt, La Bella, alle Ehre machte. Maria Giuseppas schwarze Haare und ihre getüpfelten farnfarbenen Augen ließen ihn endlich das Zölibat vergessen, das er sich auferlegt und seitdem nicht gebrochen hatte.

Maria Giuseppas Familie väterlicherseits besaß große Salzgärten südlich von Venedig und trieb Handel im gesamten Mittelmeerraum. Ihr Vater Benedetto war ein gebildeter Kaufmann, den schönen Künsten wie auch der Wissenschaft zugetan. In ihm fand Jakob einen verständnisvollen Gesprächspartner. Jakob konvertierte

Maria Giuseppas wegen zum Katholizismus und beichtete im Dom Santa Maria del Fiore, einen Tag vor seiner Hochzeit, den ungesühnten Tod seines Vaters, an dem er sich schuldig fühlte. Er hatte daran gedacht, an jedem Morgen, den er aufwachte, und an jedem Abend, bevor er einschlief, nun war die Schuld bei der Römisch-Katholischen Kirche gelandet. Von Jakobs ketzerischem Weltbild ahnte sie nichts.

Anlässlich der Taufe jedes seiner fünf Kinder, wovon zwei blond und drei schwarzhaarig waren, legte er ihnen zur Reinigung ein Salzkorn in den Mund, Maria Giuseppa war es recht. Als der Schwiegervater schwer erkrankte, bat er Jakob, die Leitung der Salzgärten zu übernehmen. Jakob zögerte keinen Moment. Bei dem Umzug nach Venedig nahm er sein Fernrohr und seinen Quadranten mit und richtete sich im Turmzimmer des neuen Wohnsitzes seine eigene kleine Sternwarte ein. An fünf Tagen der Woche handelte er von nun an mit Salz, am sechsten Tag nahm er sich Zeit für Giuseppa und seine Kinder, und den siebenten Tag verbrachte er mit der Beobachtung des Himmels.

In den stillen Nächten zwischen den Jahren schichtete Jakob in jedem Jahr Salzhäufchen auf. Es war Baiensalz aus seinen Salzgärten, die das Wetter für das kommende Jahr anzeigen sollten. Maria Giuseppa lachte über diesen Aberglauben aus dem fernen, kalten Lüneburg, aber sie ließ ihren Mann, den Träumer, gewähren.